TRANZLATY

El idioma es para todos

Η γλώσσα είναι για όλους

Las Aventuras de Alicia en el País de las Maravillas

Οι περιπέτειες της Αλίκης στη χώρα των θαυμάτων

Lewis Carroll
Λιούις Κάρολ

Español / Ελληνικά

Alicia empezaba a cansarse mucho
Η Αλίκη είχε αρχίσει να κουράζεται πολύ
Estaba sentada junto a su hermana en el banco de hierba
Καθόταν δίπλα στην αδελφή της στην όχθη του γρασιδιού
Pero ella no tenía nada que hacer
Αλλά δεν είχε τίποτα να κάνει
Su hermana estaba leyendo un libro
Η αδελφή της διάβαζε ένα βιβλίο
una o dos veces Alicia echó un vistazo al libro
μία ή δύο φορές η Αλίκη κρυφοκοίταξε στο βιβλίο
Pero el libro no contenía imágenes ni conversaciones
Αλλά το βιβλίο δεν είχε εικόνες ή συνομιλίες
«¿De qué sirve un libro sin imágenes?», pensó Alicia
«Σε τι χρησιμεύει ένα βιβλίο χωρίς εικόνες;», σκέφτηκε η Αλίκη
"¿Por qué un libro no tendría conversaciones?"
«Γιατί ένα βιβλίο να μην έχει συζητήσεις;»
Pero tenía otras cosas que considerar
Αλλά είχε άλλα πράγματα να εξετάσει

"Hacer una cadena de margaritas sería un placer"
"Κάνοντας μια αλυσίδα μαργαρίτες θα ήταν μια ευχαρίστηση"
"¿Pero vale la pena el esfuerzo de levantarse y recoger las margaritas?"
"Αλλά αξίζει τον κόπο να σηκωθείτε και να μαζέψετε τις μαργαρίτες;"
No era tan fácil pensar en esto
Αυτό δεν ήταν τόσο εύκολο να το σκεφτεί κανείς
porque el día la estaba haciendo sentir somnolienta y estúpida
Επειδή η μέρα την έκανε να νιώθει νυσταγμένη και ηλίθια
Pero de repente sus pensamientos se vieron interrumpidos
Αλλά ξαφνικά οι σκέψεις της διακόπηκαν
un conejo blanco de ojos rosados corrió cerca de ella
ένα λευκό κουνέλι με ροζ μάτια έτρεξε κοντά της

No había nada demasiado notable en el conejo
Δεν υπήρχε τίποτα υπερβολικά αξιοσημείωτο για το κουνέλι
y Alicia tampoco pensó que el conejo fuera notable
και η Αλίκη δεν σκέφτηκε ούτε το κουνέλι αξιοσημείωτο
ni le extrañó que el Conejo hablara

ούτε την εξέπληξε όταν μίλησε το κουνέλι

"¡Oh, Dios mío! ¡Llegaré demasiado tarde!", se dijo a sí mismo

«Ω αγαπητέ! Θα είναι πολύ αργά!» είπε στον εαυτό του

pero entonces el Conejo hizo algo que los conejos no hacían

αλλά τότε το κουνέλι έκανε κάτι που τα κουνέλια δεν έκαναν

el Conejo sacó un reloj del bolsillo de su chaleco

το κουνέλι έβγαλε ένα ρολόι από την τσέπη του γιλέκου του

Miró la hora y luego se apresuró a seguir adelante

Κοίταξε την ώρα και μετά έσπευσε

Alicia se puso en pie, asombrada

Η Αλίκη σηκώθηκε στα πόδια της, έκπληκτη

¡Nunca antes había visto un conejo con chaleco!

Δεν είχε ξαναδεί κουνέλι με γιλέκο!

¡Tampoco había visto nunca un conejo con reloj!

Ούτε είχε δει ποτέ κουνέλι με ρολόι!

Alicia ardía con una nueva curiosidad

Η Αλίκη καιγόταν από μια νέα περιέργεια

y corrió por el campo tras el Conejo

και έτρεξε πέρα από το χωράφι πίσω από το κουνέλι

Llegó justo a tiempo para ver desaparecer al conejo

Ήταν ακριβώς πάνω στην ώρα για να δει το κουνέλι να εξαφανίζεται

El conejo saltó a una gran madriguera

Το κουνέλι πήδηξε κάτω σε μια μεγάλη τρύπα κουνελιού

¡En otro momento, Alicia bajó detrás del conejo!

Σε μια άλλη στιγμή, κάτω πήγε η Αλίκη μετά το κουνέλι!

La madriguera del conejo seguía recto como un túnel

Η κουνελότρυπα πήγαινε κατευθείαν σαν τούνελ

Y el túnel siguió avanzando a cierta distancia

Και το τούνελ συνέχισε για κάποια απόσταση

Y entonces el camino de repente se hundió

Και τότε το μονοπάτι ξαφνικά βυθίστηκε

Alicia no tuvo ni un momento para pensar en detenerse

Η Αλίκη δεν είχε ούτε μια στιγμή να σκεφτεί να

σταματήσει τον εαυτό της
Se encontró a sí misma cayendo y abajo y abajo
Βρέθηκε να πέφτει κάτω και κάτω και κάτω
Parecía como si hubiera caído en un pozo muy profundo
Φαινόταν σαν να είχε πέσει κάτω από ένα πολύ βαθύ πηγάδι
O el pozo era muy profundo, o ella caía muy lentamente
Είτε το πηγάδι ήταν πολύ βαθύ, είτε έπεσε πολύ αργά
porque tenía tiempo de sobra para caer
επειδή είχε αρκετό χρόνο να πέσει
Mientras caía, podía mirar a su alrededor
Καθώς έπεφτε, μπορούσε να κοιτάξει γύρω της
Primero, trató de averiguar a dónde iba
Πρώτον, προσπάθησε να καταλάβει πού πήγαινε
Pero el pozo estaba demasiado oscuro para ver nada
Αλλά το πηγάδι ήταν πολύ σκοτεινό για να δει οτιδήποτε
Luego miró a los lados del pozo
Τότε κοίταξε τις πλευρές του πηγαδιού
Y se dio cuenta de que había armarios a su alrededor
Και παρατήρησε ότι υπήρχαν ντουλάπια γύρω της
y alrededor del pozo había estanterías de libros
και γύρω από το πηγάδι υπήρχαν ράφια βιβλίων
Aquí y allá veía mapas y cuadros colgados de perchas
Εδώ κι εκεί έβλεπε χάρτες και εικόνες κρεμασμένες σε μανταλάκια
Al pasar, bajó un frasco de una de las estanterías
Κατέβασε ένα βάζο από ένα από τα ράφια καθώς περνούσε
El frasco estaba etiquetado por su contenido
Το βάζο επισημάνθηκε για το περιεχόμενό του
"MERMELADA DE NARANJAS"
"ΜΑΡΜΕΛΑΔΑ ΑΠΟ ΠΟΡΤΟΚΑΛΙΑ"
Pero, para su gran decepción, el frasco de mermelada estaba vacío
Αλλά, προς μεγάλη της απογοήτευση, το βάζο μαρμελάδας ήταν άδειο
No quería dejar caer el tarro de mermelada vacío
Δεν ήθελε να ρίξει το άδειο βάζο μαρμελάδας

y su caída fue muy lenta

και η πτώση της ήταν πολύ αργή

Así que se las arregló para poner el frasco de mermelada en uno de los armarios

Έτσι κατάφερε να βάλει το βάζο μαρμελάδας σε ένα από τα ντουλάπια

¡Abajo, abajo, abajo, ella cae!

Κάτω, κάτω, κάτω πέφτει!

¿Llegaría alguna vez la caída a su fin?

Θα τελείωνε ποτέ η πτώση;

No había nada más que hacer

Δεν υπήρχε τίποτα άλλο να κάνουμε

así que Alicia pronto empezó a hablar consigo misma

έτσι η Αλίκη σύντομα άρχισε να μιλάει στον εαυτό της

—¡Dinah me echará mucho de menos esta noche, creo!

«Η Ντίνα θα μου λείψει πολύ απόψε, πρέπει να σκεφτώ!»

Dinah era la gata de Alicia

Η Ντίνα ήταν η γάτα της Αλίκης

"Espero que se acuerden de su plato de leche a la hora del té"

«Ελπίζω να θυμούνται το πιατάκι της με το γάλα την ώρα του τσαγιού»

—¡Dinah, querida, desearía que estuvieras aquí abajo conmigo!

«Ντίνα, αγαπητή μου, μακάρι να ήσουν εδώ κάτω μαζί μου!»

Alicia sintió que se estaba quedando dormida

Η Αλίκη ένιωθε ότι κοιμόταν

Y de repente, ¡pum! ¡golpe!

Και ξαφνικά, χτυπήστε! Πλήγμα!

Cayó sobre un montón de palos

Κάτω έπεσε πάνω σε ένα σωρό ξύλα

y aterrizó sobre un montón de hojas secas

Και προσγειώθηκε σε ένα σωρό από ξερά φύλλα

Y finalmente la larga caída por el agujero había terminado

Και τελικά η μεγάλη πτώση κάτω από την τρύπα τελείωσε

Alicia no estaba herida en lo más mínimo

Η Αλίκη δεν πληγώθηκε λίγο

Y se levantó de un salto en un momento
Και πήδηξε μέσα σε μια στιγμή
Alzó la vista, pero todo estaba oscuro sobre su cabeza
Κοίταξε ψηλά, αλλά ήταν όλα σκοτεινά πάνω από το κεφάλι
Frente a ella había otro largo pasillo
Μπροστά της ήταν ένας άλλος μακρύς διάδρομος
y el Conejo Blanco seguía a la vista
και το Λευκό Κουνέλι ήταν ακόμα ορατό
Corría por el pasillo
Έτρεχε στο διάδρομο
No había un momento que perder
Δεν υπήρχε ούτε μια στιγμή για χάσιμο
Alicia salió corriendo como el viento
μακριά έτρεξε η Αλίκη σαν τον άνεμο
A la vuelta de la esquina giró el conejo
γύρω από τη γωνία γύρισε το κουνέλι
Llegó justo a tiempo para oír al conejo
Ήταν ακριβώς πάνω στην ώρα για να ακούσει το κουνέλι
"Oh, mis orejas y bigotes"
""Ω, τα αυτιά και τα μουστάκια μου"
"¡Qué tarde se está haciendo!"
«Πόσο αργά γίνεται!»
Estaba muy cerca del conejo
Ήταν κοντά πίσω από το κουνέλι
Dobló otra esquina
Γύρισε σε μια άλλη γωνία
pero el Conejo ya no se dejaba ver
αλλά το κουνέλι δεν φαινόταν πια
Se encontró en un pasillo largo y bajo
Βρέθηκε σε μια μεγάλη, χαμηλή αίθουσα
La sala estaba iluminada por una hilera de lámparas de techo
Η αίθουσα φωτιζόταν από μια σειρά φωτιστικών οροφής
Había puertas por todo el pasillo
Υπήρχαν πόρτες γύρω από την αίθουσα
pero todas las puertas estaban cerradas con llave
αλλά όλες οι πόρτες ήταν κλειδωμένες

Caminó por un lado del pasillo

Περπάτησε μέχρι τη μία πλευρά της αίθουσας

Y ella había caminado todo el camino hasta el otro lado de la sala

Και είχε περπατήσει μέχρι την άλλη πλευρά της αίθουσας

Había intentado todas las puertas

Είχε δοκιμάσει κάθε πόρτα

Y caminó tristemente por el centro del pasillo

Και περπάτησε λυπημένη στη μέση της αίθουσας

"¿Cómo voy a volver a salir?"

«Πώς θα ξαναβγώ ποτέ;»

De repente se encontró con una mesita

Ξαφνικά ήρθε πάνω σε ένα μικρό τραπέζι

La mesa estaba hecha completamente de vidrio macizo

Το τραπέζι ήταν κατασκευασμένο εξ ολοκλήρου από συμπαγές γυαλί

No había nada sobre la mesa, excepto una pequeña llave dorada

Δεν υπήρχε τίποτα στο τραπέζι εκτός από ένα μικροσκοπικό χρυσό κλειδί

¡La llave podría pertenecer a una de las puertas!

Το κλειδί μπορεί να ανήκει σε μία από τις πόρτες!

Pero, ¡ay! Algunas de las cerraduras eran demasiado grandes

para las llaves

Αλλά, αλίμονο! Μερικές από τις κλειδαριές ήταν πολύ μεγάλες για τα κλειδιά

y para las otras cerraduras la llave era demasiado pequeña

και για τις άλλες κλειδαριές το κλειδί ήταν πολύ μικρό

Pero, en cualquier caso, la llave no abrió ninguna de las puertas

Αλλά, εν πάση περιπτώσει, το κλειδί δεν άνοιξε καμία από τις πόρτες

Pero, ¿qué iba a hacer ella?

Αλλά τι έπρεπε να κάνει;

Volvió a atravesar el pasillo

Πέρασε ξανά από την αίθουσα

Y esta vez se fijó en una cortina baja

Και αυτή τη φορά παρατήρησε μια χαμηλή κουρτίνα

Detrás de la cortina había una puertecita

Πίσω από την κουρτίνα υπήρχε μια μικρή πόρτα

La puerta tenía unos quince centímetros de alto

Η πόρτα ήταν περίπου δεκαπέντε ίντσες ψηλά

Probó la pequeña llave dorada en la cerradura

Δοκίμασε το μικρό χρυσό κλειδί στην κλειδαριά

Y para su gran deleite, ¡la llave encajó en la cerradura!

Και προς μεγάλη της χαρά, το κλειδί ταιριάζει στην κλειδαριά!

Alicia abrió la puerta

Η Αλίκη άνοιξε την πόρτα

Y encontró que la puerta daba a un pequeño pasillo

Και βρήκε την πόρτα να οδηγεί σε ένα μικρό διάδρομο

El corredor no era mucho más grande que una madriguera de ratas

Ο διάδρομος δεν ήταν πολύ μεγαλύτερος από μια τρύπα αρουραίων

Se arrodilló y miró a lo largo del pasillo

Γονάτισε και κοίταξε κατά μήκος του διαδρόμου

Y ella vio el jardín más hermoso que jamás hayas visto

Και είδε τον ωραιότερο κήπο που έχετε δει ποτέ

¡Cómo anhelaba salir de ese oscuro salón

Πόσο λαχταρούσε να βγει από εκείνη τη σκοτεινή αίθουσα
cómo quería vagar entre esas flores brillantes
Πώς ήθελε να περιπλανηθεί ανάμεσα σε αυτά τα φωτεινά λουλούδια
¡Qué genial se veían esas fuentes
Πόσο δροσερά αναζωογονητικά φαίνονταν αυτά τα σιντριβάνια
Pero ni siquiera podía meter la cabeza por la puerta
Αλλά δεν μπορούσε καν να πάρει το κεφάλι της μέσα από την πόρτα
-¡Oh! -exclamó Alicia con tristeza-
«Ω», είπε η Αλίκη θρηνώντας
"¡Cómo desearía poder plegarme como un telescopio!"
«Πόσο θα ήθελα να μπορούσα να διπλώσω σαν τηλεσκόπιο!»
"Creo que podría plegarme como un telescopio"
«Νομίζω ότι θα μπορούσα να διπλώσω σαν τηλεσκόπιο»
"Si supiera cómo empezar"
"αν ήξερα μόνο πώς να ξεκινήσω"
Alicia volvió a la mesa
Η Αλίκη επέστρεψε στο τραπέζι
Existía la posibilidad de encontrar otra llave
Υπήρχε η πιθανότητα να βρεθεί ένα άλλο κλειδί
O podría haber un libro de reglas
ή μπορεί να υπάρχει ένα βιβλίο κανόνων
El libro podría decirle cómo plegarse como un telescopio
Το βιβλίο θα μπορούσε να της πει πώς να διπλώσει σαν τηλεσκόπιο
Esta vez encontró una botellita
Αυτή τη φορά βρήκε ένα μικρό μπουκάλι
—Esta botella no estaba aquí antes —dijo Alicia—
«Αυτό το μπουκάλι σίγουρα δεν ήταν εδώ πριν», είπε η Αλίκη
y atada alrededor del cuello de la botella había una etiqueta de papel
και δεμένη γύρω από το λαιμό του μπουκαλιού ήταν μια χάρτινη ετικέτα

La etiqueta estaba bellamente impresa en letras grandes
Η ετικέτα ήταν όμορφα τυπωμένη με μεγάλα γράμματα
"BÉBEME"
«ΠΙΕΣ ΜΕ»
—No, miraré primero —dijo ella—
«Όχι, θα κοιτάξω πρώτα», είπε
"Veré si la botella está marcada como venenosa o no"
«Θα δω αν το μπουκάλι έχει επισημανθεί ως δηλητηριώδες
ή όχι»
porque nunca olvidó la lección sobre el veneno
γιατί ποτέ δεν ξέχασε το μάθημα για το δηλητήριο
"Si una botella está etiquetada como venenosa, es probable
que no esté de acuerdo contigo"
"Εάν ένα μπουκάλι χαρακτηρίζεται δηλητηριώδες, είναι
βέβαιο ότι θα διαφωνήσει μαζί σας"
Sin embargo, esta botella no estaba marcada como venenosa
Ωστόσο, αυτό το μπουκάλι δεν χαρακτηρίστηκε ως
δηλητηριώδες
así que Alicia se aventuró a probar el contenido de la botella
έτσι η Αλίκη τόλμησε να δοκιμάσει το περιεχόμενο του
μπουκαλιού
Encontró el líquido bastante de su agrado
Βρήκε το υγρό αρκετά της αρεσκείας της
La bebida tenía una especie de sabor mezclado
Το ποτό είχε ένα είδος μικτής γεύσης
tarta de cerezas, natillas y piña
τάρτα κερασιού, κρέμα και ανανά
Pavo asado, caramelo y tostadas con mantequilla caliente
Ψητή γαλοπούλα, καραμέλα και τοστ με ζεστό βούτυρο
Y pronto acabó la botella
Και σύντομα τελείωσε το μπουκάλι
-¡Qué sensación tan curiosa! -exclamó Alicia-
«Τι περίεργο συναίσθημα!» είπε η Αλίκη
"¡Me estoy pliegando como un telescopio!"
«Διπλώνω σαν τηλεσκόπιο!»
¡Y se estaba pliegando como un telescopio!
Και πράγματι διπλωνόταν σαν τηλεσκόπιο!

Ahora solo medía diez pulgadas de alto

Ήταν τώρα μόνο δέκα ίντσες ύψος

y su rostro se iluminó con sus pensamientos

και το πρόσωπό της έλαμπε στις σκέψεις της

Ahora ella tenía el tamaño adecuado para la pequeña puerta

Τώρα ήταν το σωστό μέγεθος για τη μικρή πόρτα

Ahora podía entrar en ese hermoso jardín

Τώρα μπορούσε να πάει σε αυτόν τον υπέροχο κήπο

Pronto dejó de hacerse más pequeña

Σύντομα σταμάτησε να μικραίνει

Decidió ir al jardín de inmediato

Αποφάσισε να πάει αμέσως στον κήπο

pero, ¡ay de la pobre Alicia!

αλλά, αλίμονο για την καημένη την Αλίκη!

Llegó a la puerta

Έφτασε στην πόρτα

Pero había olvidado la pequeña llave de oro

Αλλά είχε ξεχάσει το μικρό χρυσό κλειδί

Volvió a la mesa en busca de la llave

Επέστρεψε στο τραπέζι για το κλειδί

Pero se dio cuenta de que no podía llegar lo suficientemente alto

Αλλά διαπίστωσε ότι δεν μπορούσε να φτάσει αρκετά ψηλά

Podía ver la llave claramente a través del cristal

Μπορούσε να δει το κλειδί αρκετά καθαρά μέσα από το γυαλί

Trató de trepar por las patas de la mesa

Προσπάθησε να ανέβει στα πόδια του τραπεζιού

Pero el cristal era demasiado resbaladizo

Αλλά το γυαλί ήταν πολύ ολισθηρό

Con el tiempo se cansó de intentarlo

Τελικά κουράστηκε με την προσπάθεια

Y la pobre niña se sentó y lloró

Και το καημένο το κοριτσάκι κάθισε και έκλαψε

Alicia se habló a sí misma con bastante brusquedad

Η Αλίκη μίλησε στον εαυτό της μάλλον απότομα

"¡Vamos, no sirve de nada llorar así!"

«Έλα, δεν υπάρχει λόγος να κλαις έτσι!»
"¡Te aconsejo que te detengas ahora mismo!"
«Σας συμβουλεύω να σταματήσετε αυτό το λεπτό!»
En general, se daba muy buenos consejos
Γενικά έδινε στον εαυτό της πολύ καλές συμβουλές
aunque muy rara vez seguía sus propios consejos
Αν και πολύ σπάνια ακολουθούσε τις δικές της συμβουλές
Y a veces era demasiado dura consigo misma
Και μερικές φορές ήταν πολύ σκληρή με τον εαυτό της
y sus palabras hicieron que se le llenaran los ojos de
lágrimas
Και τα λόγια της έφεραν δάκρυα στα μάτια της
Pronto sus ojos se posaron en una cajita de cristal
Σύντομα το μάτι της έπεσε πάνω σε ένα μικρό γυάλινο
κουτί
La cajita de cristal estaba debajo de la mesa
Το μικρό γυάλινο κουτί βρισκόταν κάτω από το τραπέζι
En la caja de cristal había un pastel muy pequeño
Στο γυάλινο κουτί υπήρχε ένα πολύ μικρό κέικ
En el pastel, algunas palabras estaban bellamente escritas
Στην τούρτα μερικές λέξεις ήταν όμορφα γραμμένες
Las palabras habían sido marcadas con grosellas
Οι λέξεις είχαν σημειωθεί στην κορινθιακή σταφίδα
"CÓMEME"
"ΦΑΕ ΜΕ"
—Bueno, me comeré el pastel —dijo Alicia—
«Λοιπόν, θα φάω το κέικ», είπε η Αλίκη
"y si el pastel me hace crecer, puedo llegar a la llave"
"και αν η τούρτα με κάνει να μεγαλώσω, μπορώ να φτάσω
στο κλειδί"
"y si el pastel me hace más pequeño, puedo arrastrarme por
debajo de la puerta"
"και αν το κέικ με κάνει να μικρύνω, μπορώ να σέρνω κάτω
από την πόρτα"
"así que de cualquier manera me meteré en el jardín"
"έτσι είτε αλλιώς, θα μπω στον κήπο"
"¡Y no me importa cuál de los dos suceda!"

«και δεν με νοιάζει ποιο από τα δύο συμβαίνει!»
Se comió un pedacito del pastel
Έφαγε λίγο από το κέικ
Y se habló a sí misma con ansiedad:
Και μίλησε με αγωνία στον εαυτό της:
—¿De qué manera? ¿Hacia dónde?
«Με ποιον τρόπο; Με ποιον τρόπο;»
Y se llevó la mano a la cabeza
και κράτησε το χέρι της στο κεφάλι της
Quería sentir de qué manera estaba creciendo
Ήθελε να νιώσει με ποιον τρόπο μεγάλωνε
Se sorprendió bastante al descubrir lo que había sucedido
Ήταν αρκετά έκπληκτη όταν ανακάλυψε τι είχε συμβεί
¡Había permanecido del mismo tamaño!
Είχε παραμείνει στο ίδιο μέγεθος!
Así que esta vez redobló sus esfuerzos
Έτσι, αυτή τη φορά διπλασίασε τις προσπάθειές της
Y pronto terminó todo el pastel
και σύντομα τελείωσε όλη την τούρτα

El charco de lágrimas

Η λίμνη των δακρύων

-¡Esto se está poniendo cada vez más interesante! -exclamó Alicia-

«Αυτό γίνεται όλο και πιο ενδιαφέρον!» φώναξε η Αλίκη

Se puede ver que estaba muy sorprendida

Μπορείτε να δείτε ότι ήταν πολύ έκπληκτη

"¡Me estoy abriendo como el telescopio más grande que jamás haya existido!"

«Ανοίγω σαν το μεγαλύτερο τηλεσκόπιο που υπήρξε ποτέ!»

—¡Adiós, pies! ¡Oh, mis pobres piecitos!

«Αντίο, πόδια! Ω, τα φτωχά μου ποδαράκια»

"Me pregunto quién se pondrá sus zapatos por ustedes ahora, queridos".

"Αναρωτιέμαι ποιος θα βάλει τα παπούτσια σας για εσάς τώρα, αγαπητοί;"

—¿Y me pregunto quién se pondrá las medias?

"και αναρωτιέμαι ποιος θα βάλει τις κάλτσες σας;"

"Estaré demasiado lejos"

«Θα είμαι πολύ μακριά»

"No podré preocuparme más por ti"

«Δεν θα μπορώ πια να προβληματίζομαι για σένα»

Justo en ese momento su cabeza golpeó contra algo

Ακριβώς εκείνη τη στιγμή το κεφάλι της χτύπησε πάνω σε κάτι

Había llegado al techo de la sala

Είχε φτάσει στην οροφή της αίθουσας

De hecho, ahora medía más de dos metros de altura

Στην πραγματικότητα, ήταν τώρα πάνω από δύο μέτρα ύψος

Y al instante tomó la pequeña llave de oro

Και αμέσως πήρε το μικρό χρυσό κλειδί

Y se apresuró a llegar a la puerta del jardín

Και έσπευσε στην πόρτα του κήπου

¡Pobre Alicia! No había mucho que pudiera hacer

Καημένη Αλίκη! Δεν μπορούσε να κάνει πολλά

Se acostó de lado

ξάπλωσε στη μία πλευρά
Y miró al jardín con un ojo
Και κοίταξε μέσα στον κήπο με το ένα μάτι
Pero salir adelante era más desesperado que nunca
Αλλά το να περάσεις ήταν πιο απελπιστικό από ποτέ
Se sentó y comenzó a llorar de nuevo
Κάθισε και άρχισε να κλαίει ξανά
Siguió derramando galones de lágrimas
Συνέχισε να χύνει γαλόνια δακρύων
Pronto había un gran estanque a su alrededor
Σύντομα υπήρχε μια μεγάλη πισίνα γύρω της
Y el agua llegaba hasta la mitad del pasillo
Και το νερό έφτασε στα μισά της αίθουσας
Al cabo de un rato, oyó un pequeño golpeteo de pies
Μετά από λίγο, άκουσε ένα μικρό χτύπημα των ποδιών
Oyó los pasos que venían de lejos
Άκουσε τα πόδια να έρχονται από μακριά
Y se secó los ojos apresuradamente para ver lo que venía
Και στέγνωσε βιαστικά τα μάτια της για να δει τι ερχόταν
Era el Conejo Blanco que regresaba
Ήταν το Λευκό Κουνέλι που επέστρεφε
Iba espléndidamente vestido
Ήταν υπέροχα ντυμένος
Tenía un par de guantes blancos en una mano
Είχε ένα ζευγάρι λευκά γάντια στο ένα χέρι
y tenía un gran abanico de plumas en la otra mano
Και είχε ένα μεγάλο ανεμιστήρα φτερών στο άλλο χέρι
Llegó trotando a toda prisa
Ήρθε τρέχοντας μαζί με μεγάλη βιασύνη
y murmuró para sí: "¡Oh! ¡La duquesa, la duquesa!
Και μουρμούρισε στον εαυτό του: «Ω! η Δούκισσα, η Δούκισσα!»
—¡Oh! ¡No será salvaje si la he hecho esperar!
«Ω! Δεν θα είναι άγρια αν την έχω κρατήσει σε αναμονή!»

Cuando el Conejo se acercó a ella, Alicia habló

Όταν το κουνέλι ήρθε κοντά της, η Αλίκη μίλησε

Pero ella hablaba en voz baja y tímida

Αλλά μίλησε με χαμηλή, δειλή φωνή

"Señor, por favor, deje de hacer lo que está haciendo por un momento"

«Κύριε, παρακαλώ σταματήστε αυτό που κάνετε για μια στιγμή»

El Conejo se sobresaltó violentamente

Το κουνέλι τρόμαξε βίαια

Dejó caer los guantes blancos y el abanico de plumas

Έριξε τα λευκά γάντια και τον ανεμιστήρα φτερών

Y se escabulló en la oscuridad lo más rápido que pudo

Και έτρεξε μακριά στο σκοτάδι όσο πιο γρήγορα μπορούσε

Alicia recogió el abanico de plumas y los guantes

Η Αλίκη πήρε τον ανεμιστήρα φτερών και τα γάντια

Y no paraba de abanicarse mientras seguía hablando

Και συνέχισε να ανεμίζει τον εαυτό της ενώ συνέχιζε να μιλάει

"¡Querido, querido! ¡Qué extraño es todo hoy!"

«Αγαπητέ, αγαπητέ! Πόσο παράξενα είναι όλα σήμερα!»
"Ayer las cosas siguieron como siempre"
«Χθες τα πράγματα συνεχίστηκαν ως συνήθως»
—¿Era yo el mismo cuando me levanté esta mañana?
«Ήμουν ο ίδιος όταν σηκώθηκα σήμερα το πρωί;»
"Pero si no soy el mismo, hay otra cuestión"
"Αλλά αν δεν είμαι ο ίδιος, υπάρχει μια άλλη ερώτηση"
"¿Quién demonios soy yo?"
«Ποιος στον κόσμο είμαι;»
"¡Ah, ese es el gran rompecabezas!"
«Αχ, αυτός είναι ο μεγάλος γρίφος!»
Al decir esto, se miró las manos
Καθώς το είπε αυτό, κοίταξε κάτω τα χέρια της
Llevaba uno de los Conejos, gusanos blancos
Φορούσε ένα από τα μικρά λευκά γάντια του κουνελιού
**No se había dado cuenta de que se había puesto el guante
mientras hablaba**
Δεν είχε παρατηρήσει ότι έβαλε το γάντι ενώ μιλούσε
"¿Cómo pude haber hecho eso?", pensó
«Πώς μπορώ να το κάνω αυτό;» σκέφτηκε
"Debo estar haciéndome pequeño otra vez"
«Πρέπει να μικραίνω ξανά»
Se levantó y se acercó a la mesa para medir su altura
Σηκώθηκε και πήγε στο τραπέζι για να μετρήσει το ύψος
της
**Descubrió que ahora medía aproximadamente medio metro
de altura**
Διαπίστωσε ότι ήταν τώρα περίπου μισό μέτρο ύψος
Y ella seguía encogiéndose rápidamente
και εξακολουθούσε να συρρικνώνεται γρήγορα
Pronto descubrió cuál era la causa del encogimiento
Σύντομα ανακάλυψε ποια ήταν η αιτία της συρρίκνωσης
**¡El abanico de plumas la estaba haciendo más pequeña de
nuevo!**
Ο ανεμιστήρας φτερών την έκανε και πάλι μικρότερη!
Y dejó caer el abanico de plumas apresuradamente
Και έριξε βιαστικά τον ανεμιστήρα φτερών

Dejó caer el abanico de plumas justo a tiempo para salvarse

Έριξε τον ανεμιστήρα φτερών εγκαίρως για να σωθεί

Si se hubiera abanicado por más tiempo, se habría encogido por completo

Αν φανταζόταν περισσότερο, θα είχε συρρικνωθεί εντελώς

-¡Ha sido una fuga por los pelos! -dijo Alicia-

«Αυτή ήταν μια στενή απόδραση!» είπε η Αλίκη

Y se asustó mucho ante el cambio repentino

Και ήταν πολύ φοβισμένη από την ξαφνική αλλαγή

pero estaba muy contenta de encontrarse todavía en existencia

Αλλά ήταν πολύ χαρούμενη που βρέθηκε ακόμα στην ύπαρξη

—¡Y ahora, al jardín!

«Και τώρα, φύγαμε για τον κήπο!»

Y corrió a toda prisa hacia la puertecita

Και έτρεξε με όλη την ταχύτητα πίσω στη μικρή πόρτα

Pero, ¡ay! La puertecita se cerró de nuevo

Αλλά, αλίμονο! Η μικρή πόρτα έκλεισε ξανά

Y la pequeña llave de oro volvía a estar sobre la mesa de cristal

Και το μικρό χρυσό κλειδί ήταν ξαπλωμένο ξανά στο γυάλινο τραπέζι

"Las cosas están peor que nunca", pensó el pobre niño

«Τα πράγματα είναι χειρότερα από ποτέ», σκέφτηκε το καημένο το παιδί

"Nunca antes había sido tan pequeño como esto, ¡nunca!"

«Ποτέ δεν ήμουν τόσο μικρός όσο αυτό πριν, ποτέ!»

Al decir estas palabras, su pie resbaló

Καθώς έλεγε αυτά τα λόγια, το πόδι της γλίστρησε

¡Y en otro momento hubo un gran chapoteo!

Και σε μια άλλη στιγμή υπήρξε μια μεγάλη βουτιά!

Estaba sumergida en agua salada hasta la barbilla

Ήταν μέχρι το πηγούνι της σε αλμυρό νερό

Su primera idea fue que de alguna manera había caído al mar

Η πρώτη της ιδέα ήταν ότι είχε πέσει με κάποιο τρόπο στη

θάλασσα
Sin embargo, pronto se dio cuenta de en qué estaba metida
Ωστόσο, σύντομα συνειδητοποίησε τι ήταν
Estaba en un charco de lágrimas
Ήταν σε μια λίμνη δακρύων
las lágrimas que había llorado cuando tenía dos metros de altura
Τα δάκρυα που είχε κλάψει όταν ήταν δύο μέτρα ύψος

Justo en ese momento escuchó algo
Ακριβώς τότε άκουσε κάτι
Algo chapoteaba en la piscina
κάτι πιτσιλιζόταν στην πισίνα
El chapoteo venía de un poco más lejos
Το πιτσίλισμα ήρθε από λίγο μακριά
Y se acercó nadando para ver qué era el chapoteo
Και κολύμπησε πιο κοντά για να δει τι ήταν το πιτσίλισμα
Pronto vio que era solo un ratoncito
Σύντομα είδε ότι ήταν μόνο ένα μικρό ποντίκι
El ratoncito también se había metido en el agua
Το ποντικάκι είχε γλιστρήσει κι αυτό στο νερό

Alicia pensó para sí misma sobre la situación

Η Αλίκη σκέφτηκε την κατάσταση

—¿Serviría de algo hablar con este ratón?

"Θα ήταν χρήσιμο να μιλήσω σε αυτό το ποντίκι;"

"Aquí todo está tan al revés"

"Όλα είναι τόσο ανάποδα εδώ κάτω"

"Creo que es muy probable que este ratón pueda hablar"

"Θα πρέπει να σκεφτώ πολύ πιθανό αυτό το ποντίκι να μπορεί να μιλήσει"

"En cualquier caso, no hay nada de malo en intentarlo"

«Εν πάση περιπτώσει, δεν είναι κακό να προσπαθείς»

Así que empezó a tratar de hablar con el ratón

Έτσι άρχισε να προσπαθεί να μιλήσει στο ποντίκι

"Oh Ratón, ¿conoces la forma de salir de esta piscina?"

"Ω Ποντίκι, ξέρεις τη διέξοδο από αυτή την πισίνα;"

—¡Estoy muy cansado de nadar por aquí, oh ratón!

"Είμαι πολύ κουρασμένος να κολυμπάω εδώ, Ω Ποντίκι!"

El ratón la miró con curiosidad

Το ποντίκι την κοίταξε μάλλον περίεργα

El ratón parecía guiñar un ojo con uno de sus ojitos

Το ποντίκι φάνηκε να κλείνει το μάτι με ένα από τα μικρά του μάτια

Pero el ratoncito no dijo nada

αλλά το μικρό ποντίκι δεν είπε τίποτα

"A lo mejor el ratón no entiende inglés", pensó Alicia

«Ίσως το ποντίκι να μην καταλαβαίνει αγγλικά», σκέφτηκε η Αλίκη

"Me atrevo a decir que es un ratón francés"

"Τολμώ να πω ότι είναι ένα γαλλικό ποντίκι"

"tal vez este ratón vino con Guillermo el Conquistador"

"ίσως αυτό το ποντίκι ήρθε με τον Γουλιέλμο τον Κατακτητή"

Así que empezó de nuevo, en francés

Έτσι ξεκίνησε ξανά, στα γαλλικά

"¿Dónde está mi gato?", preguntó en francés

«Πού είναι η γάτα μου;» ρώτησε στα γαλλικά

era la primera frase de su libro de clases de francés

ήταν η πρώτη πρόταση στο βιβλίο μαθημάτων γαλλικών της

El Ratón dio un súbito salto fuera del agua

Το ποντίκι έκανε ένα ξαφνικό άλμα έξω από το νερό

y el ratón pareció temblar de miedo

Και το ποντίκι φαινόταν να τρέμει παντού με τρόμο

-¡Oh, le ruego que me perdone! -exclamó Alicia apresuradamente-

«Ω, ζητώ συγνώμη!» φώναξε βιαστικά η Αλίκη

Temía haber herido los sentimientos del pobre animal

Φοβόταν ότι είχε πληγώσει τα συναισθήματα του φτωχού ζώου

"Olvidé que no te gustaban los gatos"

«Ξέχασα ότι δεν σου άρεσαν οι γάτες»

—¡No me gustan los gatos! —exclamó el ratón con voz estridente y apasionada—

«Δεν μου αρέσουν οι γάτες!» φώναξε το ποντίκι με διαπεραστική, παθιασμένη φωνή

—¿Te gustaría tener gatos, si fueras yo?

«Θα ήθελες γάτες, αν ήσουν εγώ;»

Alicia consoló al ratón en un tono tranquilizador

Η Αλίκη παρηγόρησε το ποντίκι με έναν καταπραϋντικό τόνο

"Bueno, tal vez a mí tampoco me gustarían los gatos si fuera tú"

"Λοιπόν, ίσως δεν θα ήθελα γάτες αν ήμουν ούτε εσύ"

"Por favor, no te enfades por la mención de los gatos"

"Παρακαλώ μην θυμώνετε για την αναφορά των γατών"

"Y, sin embargo, desearía poder mostrarte a nuestra gata Dinah"

"Και όμως μακάρι να μπορούσα να σας δείξω τη γάτα μας Dinah"

"Si la conocieras, creo que te encapricharías de los gatos"

"Αν τη συναντούσες, νομίζω ότι θα έπαιρνες μια φαντασία στις γάτες"

"Si tan solo pudieras verla"

«Αν μπορούσες μόνο να τη δεις»

"Es una cosa tan querida y tranquila"
"Είναι τόσο αγαπητό, ήσυχο πράγμα"
El ratón temblaba por todas partes
Το ποντίκι έτρεμε παντού
Alicia estaba segura de que el ratón debía de estar realmente ofendido
Η Αλίκη ένιωθε σίγουρη ότι το ποντίκι έπρεπε να προσβληθεί πραγματικά
"No hablaremos más de ella, si prefieres no hacerlo"
«Δεν θα μιλήσουμε πια γι' αυτήν, αν προτιμάτε όχι»
-¡Nosotros, en efecto! -exclamó el Ratón-
«Εμείς, πράγματι!» φώναξε το ποντίκι
El ratón temblaba hasta la punta de la cola
Το ποντίκι έτρεμε μέχρι την άκρη της ουράς του
—¡Como si fuera a hablar de un tema así!
«Σαν να μιλούσα για ένα τέτοιο θέμα!»
"Nuestra familia siempre odió a los gatos"
«Η οικογένειά μας πάντα μισούσε τις γάτες»
"Gatos; ¡Cosas desagradables, bajas, vulgares!"
"Γάτες; άσχημα, χαμηλά, χυδαία πράγματα!»
"¡No dejes que vuelva a escuchar el nombre!"
«Μην με αφήσεις να ακούσω ξανά το όνομα!»
-¡No volveré a hablar de los gatos! -dijo Alicia-
«Δεν θα αναφέρω ξανά τις γάτες!» είπε η Αλίκη
Tenía mucha prisa por cambiar de tema
Βιαζόταν πολύ να αλλάξει θέμα
"¿Eres tú... ¿Te gustan los perros?
«Είσαι... Σου αρέσουν τα σκυλιά;»
"Hay un perrito tan simpático cerca de nuestra casa"
«Υπάρχει ένα τόσο ωραίο σκυλάκι κοντά στο σπίτι μας»
—¡Me gustaría enseñarte el perrito!
«Θα ήθελα να σου δείξω το σκυλάκι!»
"Este perrito mata a todas las ratas y...
«Αυτό το μικρό σκυλί σκοτώνει όλους τους αρουραίους και...
-¡Oh, querida! -exclamó Alicia en tono triste-
«Ω, αγαπητή!» φώναξε η Αλίκη με θλιμμένο τόνο

"¡Me temo que te he ofendido de nuevo!"
«Φοβάμαι ότι σε προσέβαλα ξανά!»
El ratón se alejaba nadando de ella tan rápido como podía
Το ποντίκι κολυμπούσε μακριά της όσο πιο γρήγορα μπορούσε
y el ratón hizo un gran alboroto en la piscina
και το ποντίκι έκανε μεγάλη αναταραχή στην πισίνα
Así que llamó suavemente al ratón
Έτσι κάλεσε απαλά μετά το ποντίκι
"¡Mi querido ratón, por favor vuelve!"
«Αγαπητό μου ποντίκι, σε παρακαλώ γύρνα πίσω!»
"Y no hablaremos de gatos"
"Και δεν θα μιλήσουμε για γάτες"
"Y tampoco tenemos que hablar de perros"
«Και δεν χρειάζεται να μιλάμε ούτε για σκύλους»
Cuando el ratón escuchó esto, se dio la vuelta
Όταν το ποντίκι το άκουσε αυτό, γύρισε
Y el ratoncito nadó lentamente de regreso a ella
Και το μικρό ποντίκι κολύμπησε αργά πίσω σε αυτήν
La cara del ratón estaba bastante pálida
Το πρόσωπο του ποντικιού ήταν αρκετά χλωμό
Y el ratón habló, en voz baja y temblorosa
Και το ποντίκι μίλησε, με χαμηλή, τρεμάμενη φωνή
"Vamos a la orilla"
«Ας πάμε στην ακτή»
"y luego te contaré mi historia"
«και μετά θα σου πω την ιστορία μου»
"y entenderás por qué odio a los gatos y a los perros"
"και θα καταλάβετε γιατί μισώ τις γάτες και τα σκυλιά"
Ya era hora de partir
Είχε έρθει η ώρα να φύγουμε
porque la piscina se estaba llenando bastante
επειδή η πισίνα ήταν αρκετά γεμάτη
Otros pájaros y animales habían caído en el estanque
Άλλα πουλιά και ζώα είχαν πέσει στην πισίνα
había un pato y un dodo
υπήρχαν μια πάπια και ένα Dodo

y había un pájaro lori y un aguilucho
και υπήρχε ένα πουλί Lory και ένας αετός
Y había varias otras criaturas de aspecto interesante
Και υπήρχαν πολλά άλλα ενδιαφέροντα πλάσματα
Alicia abrió el camino para salir de la piscina
Η Αλίκη οδήγησε την έξοδο από την πισίνα
Y todo el grupo de animales nadó hasta la orilla
και όλη η ομάδα των ζώων κολύμπησε στην ακτή

Una carrera de caucus y una larga cola
Ένας αγώνας caucus και μια μακριά ουρά
De hecho, eran un grupo de animales de aspecto gracioso
Ήταν πράγματι ένα αστείο μάτσο ζώων
Y todos se reunieron a la orilla del agua
Και όλοι μαζεύτηκαν στην όχθη του νερού
Todos los pájaros tenían las plumas desaliñadas
Όλα τα πουλιά είχαν συρρικνωμένα φτερά
y los animales peludos estaban empapados
και τα γούνινα ζώα ήταν εμποτισμένα
y todos estaban empapados, molestos e incómodos
και όλοι έσταζαν βρεγμένοι, ενοχλημένοι και άβολα

Había una pregunta que había que responder primero
Υπήρχε μια ερώτηση που έπρεπε να απαντηθεί πρώτα
¿Cuál es la mejor manera de que todos se sequen?
Ποιος είναι ο καλύτερος τρόπος για να στεγνώσουν όλοι;
Tuvieron una consulta sobre este asunto
Είχαν μια διαβούλευση σχετικά με αυτό το θέμα
Pronto todos se sintieron en términos familiares
Σύντομα ήταν όλοι με οικείους όρους
Era como si los conociera de toda la vida
Ήταν σαν να τους γνώριζε όλη της τη ζωή

El ratón parecía ser una persona de cierta autoridad
Το ποντίκι φαινόταν να είναι άτομο κάποιας εξουσίας
"¡Siéntense todos y escúchenme!
«Καθίστε, όλοι σας, και ακούστε με!
"¡Pronto los volveré a secar!"
«Σύντομα θα σας κάνω όλους στεγνούς ξανά!»
Se sentaron todos a la vez, en un gran círculo
Όλοι κάθισαν ταυτόχρονα, σε ένα μεγάλο δαχτυλίδι
y el ratoncito se sentó en el medio
Και το ποντικάκι κάθισε στη μέση
—¡Ejem! —dijo el ratón con aire importante—
«Αχμ!» είπε το ποντίκι με σημαντικό αέρα
"¿Están todos listos?"
"Είστε όλοι έτοιμοι;"
"Esto es lo más seco que conozco"
"Αυτό είναι το πιο ξηρό πράγμα που ξέρω"
—¡Silencio por todas partes, por favor!
«Σιωπή παντού, αν θέλετε!»
"Guillermo el Conquistador fue favorecido por el Papa"
«Ο Γουλιέλμος ο Κατακτητής ευνοήθηκε από τον πάπα»
"pero pronto fue sometido por los ingleses"
"αλλά σύντομα υποτάχθηκε από τους Άγγλους"
"Últimamente querían líderes"
«Ήθελαν ηγέτες τελευταία»
"Y se habían acostumbrado al poder y a la conquista"
«Και είχαν συνηθίσει στην εξουσία και την κατάκτηση»
"Edwin y Morcar, los condes de Mercia y Northumbria"
"Edwin και Morcar, οι κόμητες της Mercia και Northumbria"
—¡Uf! —exclamó el pájaro lori con un escalofrío—
«Ωχ!» είπε το πουλί λόρι, με ρίγος
"e incluso Stigand, el patriota arzobispo de Canterbury"
"και ακόμη και ο Stigand, ο πατριώτης αρχιεπίσκοπος του
Canterbury"
"A él también le pareció aconsejable"
«Το βρήκε επίσης σκόπιμο»
-¿Qué le pareció aconsejable? -dijo el pato-
«Τι βρήκε σκόπιμο;» είπε η πάπια

—Le pareció aconsejable —replicó el ratón con cierto enfado—

«Το βρήκε σκόπιμο», απάντησε το ποντίκι μάλλον σταυρωτά

Pero el pato no estaba satisfecho

Αλλά η πάπια δεν ήταν ικανοποιημένη

"Por supuesto, ya sabes lo que significa"

«Φυσικά, ξέρετε τι σημαίνει "αυτό"»

—Sé lo que es cuando encuentro una cosa —dijo el pato—

«Ξέρω τι είναι όταν βρίσκω κάτι», είπε η πάπια

"Generalmente es una rana o un gusano"

"Είναι γενικά ένας βάτραχος ή ένα σκουλήκι"

"La pregunta es, ¿qué encontró el arzobispo?"

«Το ερώτημα είναι, τι βρήκε ο αρχιεπίσκοπος;»

El ratón no se dio cuenta de esta pregunta

Το ποντίκι δεν παρατήρησε αυτήν την ερώτηση

En cambio, el ratón continuó apresuradamente con el discurso

Αντ 'αυτού, το ποντίκι συνέχισε βιαστικά την ομιλία

"le pareció aconsejable ir con Edgar Atheling"

"θεώρησε σκόπιμο να πάει με τον Edgar Atheling"

"para encontrarme con Guillermo y ofrecerle la corona"

«να συναντήσει τον Γουίλιαμ και να του προσφέρει το στέμμα»

el ratón continuó, volviéndose hacia Alicia mientras hablaba

το ποντίκι συνέχισε, γυρίζοντας προς την Αλίκη καθώς μιλούσε

—¿Cómo te va ahora, querida?

«Πώς τα πας τώρα, αγαπητέ μου;»

—Tan mojado como siempre —dijo Alicia en tono melancólico—

«Τόσο υγρή όσο ποτέ», είπε η Αλίκη με μελαγχολικό τόνο

"Esta historia no parece que me seque en absoluto"

«Αυτή η ιστορία δεν φαίνεται να με στεγνώνει καθόλου»

—En ese caso —dijo solemnemente el dodo, poniéndose en pie—

«Σε αυτή την περίπτωση», είπε το ντόντο επίσημα,

σηκώνοντας τα πόδια του

"Voto que se levante la sesión"

«Ψηφίζω τη διακοπή της συνεδρίασης»

"y propongo la adopción inmediata de remedios más enérgicos"

«και προτείνω την άμεση υιοθέτηση πιο ενεργητικών θεραπειών»

—¡Di palabras de verdad! —dijo el aguilucho—

«Πες αληθινά λόγια!» είπε ο αετός

"No conozco el significado de la mitad de esas palabras largas"

«Δεν ξέρω το νόημα των μισών από αυτές τις μεγάλες λέξεις»

—¡Y, lo que es más, tampoco creo que tú lo sepas!

"και, επιπλέον, δεν πιστεύω ότι ξέρεις ούτε!"

—Lo que iba a decir —dijo el dodo en tono ofendido—

«Τι θα έλεγα», είπε ο ντόντο με προσβεβλημένο τόνο

"Lo mejor para deshacernos sería una contienda electoral"

"Το καλύτερο πράγμα για να μας στεγνώσει θα ήταν ένας αγώνας caucus"

—¿Qué es una contienda electoral? —preguntó Alicia

«Τι είναι η φυλή caucus;» είπε η Αλίκη

—Bueno —dijo el dodo—, la mejor manera de explicarlo es hacerlo.

«Λοιπόν», είπε ο ντόντο, «ο καλύτερος τρόπος για να το εξηγήσεις είναι να το κάνεις»

"Primero el dodo trazó un hipódromo"

"Πρώτα το ντόντο χάραξε μια πίστα αγώνων"

"La pista estaba en una especie de círculo"

«Η πίστα ήταν σε ένα είδος κύκλου»

"Y luego todo el grupo se colocó a lo largo del recorrido"

«Και τότε όλο το κόμμα τοποθετήθηκε κατά μήκος της πορείας»

No hubo "¡Uno, dos, tres y fuera!"

Δεν υπήρχε «Ένα, δύο, τρία και μακριά!»

pero empezaron a correr cuando quisieron

Αλλά άρχισαν να τρέχουν όταν τους άρεσε

Y también terminaban cuando querían

και τελείωσαν επίσης όταν τους άρεσε

Así que no era fácil saber cuándo había terminado la carrera

Έτσι, δεν ήταν εύκολο να γνωρίζουμε πότε τελείωσε ο αγώνας

Después de media hora más o menos de correr, todos estaban bastante secos

Μετά από μισή ώρα περίπου τρεξίματος ήταν όλα αρκετά στεγνά

el dodo gritó de repente: "¡La carrera ha terminado!"

Το ντόντο φώναξε ξαφνικά: «Ο αγώνας τελείωσε!»

Y todos se agolparon alrededor del dodo

Και όλοι συνωστίζονταν γύρω από το dodo

Todos los animales jadeaban y resoplaban

Όλα τα ζώα λαχάνιαζαν και φούσκωναν

y todos querían saber: "¿Pero quién ha ganado?"

Και όλοι ήθελαν να μάθουν: «Μα ποιος κέρδισε;»

El dodo no pudo responder de inmediato a esta pregunta

Αυτή η ερώτηση το dodo δεν μπορούσε να απαντήσει αμέσως

Primero tuvo que pensar mucho

Πρώτα έπρεπε να σκεφτεί πολύ

Después de pensarlo mucho, el Dodo finalmente habló
Μετά από πολλή σκέψη, το dodo τελικά μίλησε
"Todos han ganado y todos deben tener premios"
«Όλοι έχουν κερδίσει και όλοι πρέπει να έχουν βραβεία»
"¿Pero quién va a dar los premios?", preguntó un coro de voces
«Αλλά ποιος θα δώσει τα βραβεία;» ρώτησε μια χορωδία φωνών
—Bueno, ella, por supuesto —dijo el dodo—
«Λοιπόν, αυτή, φυσικά», είπε το ντόντο
y el dodo señaló con un dedo a Alicia
και το ντόντο έδειξε με το ένα δάχτυλο την Αλίκη
y todo el grupo de animales se agolpó a su alrededor
και όλη η ομάδα των ζώων συνωστίστηκε γύρω της
gritaron, de manera confusa: "¡Premios! ¡Premios!"
φώναζαν, με συγκεχυμένο τρόπο, «Βραβεία! Βραβεία!»
Alicia no tenía ni idea de qué hacer
Η Αλίκη δεν είχε ιδέα τι να κάνει
Desesperada, se metió la mano en el bolsillo
Μέσα στην απελπισία έβαλε το χέρι στην τσέπη της
Y sacó una caja de dulces
και έβγαλε ένα κουτί γλυκά
Por suerte, el agua salada no había entrado en la caja
Ευτυχώς το αλμυρό νερό δεν είχε μπει στο κουτί
Y repartió los dulces como premios
και έδωσε τα γλυκά γύρω ως βραβεία
Había exactamente una pieza para todos
Υπήρχε ακριβώς ένα κομμάτι για όλους
Lo siguiente que tenían que hacer era comer los dulces
Το επόμενο πράγμα που έπρεπε να κάνουν ήταν να φάνε τα γλυκά
Esto causó algo de ruido y confusión
Αυτό προκάλεσε κάποιο θόρυβο και σύγχυση
Los grandes pájaros se quejaban de que no podían saborear sus dulces
Τα μεγάλα πουλιά παραπονέθηκαν ότι δεν μπορούσαν να δοκιμάσουν τα γλυκά τους

Los pequeños se ahogaron y hubo que darles palmaditas en la espalda

Τα μικρά πνίγηκαν και έπρεπε να χτυπηθούν στην πλάτη

Sin embargo, al fin se acabó

Ωστόσο, τελείωσε επιτέλους

y se sentaron de nuevo en un anillo

Και κάθισαν πάλι σε ένα δαχτυλίδι

Y le rogaron al ratón que les dijera algo más

Και παρακάλεσαν το ποντίκι να τους πει κάτι περισσότερο

—Prometiste contarme tu historia, ¿sabes? —dijo Alicia—

«Υποσχέθηκες να μου πεις την ιστορία σου, ξέρεις», είπε η Αλίκη

E hizo otro pequeño comentario sobre los gatos en un susurro

Και έκανε μια άλλη μικρή παρατήρηση για τις γάτες ψιθυριστά

No quería volver a ofender al ratón

Δεν ήθελε να προσβάλει ξανά το ποντίκι

el ratoncito se volvió hacia Alicia y suspiró

το ποντικάκι γύρισε στην Αλίκη και αναστέναξε

—¡La mía es una larga y triste historia!

«Η δική μου είναι μια μακρά και θλιβερή ιστορία!»

—Es una cola larga, sin duda —dijo Alicia—

«Είναι μια μακριά ουρά, σίγουρα», είπε η Αλίκη

Y miró con asombro la cola del ratón

Και κοίταξε κάτω με θαυμασμό την ουρά του ποντικιού

—¿Pero por qué le llamas cola triste?

"Αλλά γιατί το αποκαλείς λυπημένη ουρά;"

Y ella seguía desconcertada al respecto mientras el ratón hablaba

Και συνέχισε να προβληματίζεται γι'αυτό ενώ το ποντίκι μιλούσε

de modo que su idea del cuento era más o menos así

έτσι ώστε η ιδέα της για την ιστορία ήταν κάπως έτσι:

                    "Fury said to
                      a mouse, That
                        he met in the
                          house, 'Let
                            us both go
                              to law: *I*
                              will prosecute
                              you.—
                              Come, I'll
                            take no denial:
                          We must have
                        the trial;
                      For really
                    this morning
                  I've
                nothing
              to do.'
                Said the
                  mouse to
                    the cur,
                      'Such a
                        trial, dear
                          sir, With
                            no jury
                              or judge,
                              would
                              be wasting
                              our
                          breath.'
                        'I'll be
                      judge,
                    I'll be
                  jury,'
                said
                cunning
                  old
                    Fury;
                      'I'll
                        try
                          the
                            whole
                              cause,
                              and
                              condemn
                              you to
              death.'"

Furia le dijo a un ratón: "Que se encontró en la casa"

Η οργή είπε σε ένα ποντίκι, ότι συναντήθηκε στο σπίτι"

Vayamos los dos a la ley: yo te procesaré

Ας πάμε και οι δύο στο νόμο: θα σας διώξω

Vamos, no aceptaré ninguna negación: debemos tener el juicio

Ελάτε, δεν θα δεχτώ καμία άρνηση: Πρέπει να κάνουμε τη δίκη

Porque realmente esta mañana no tengo nada que hacer

Γιατί πραγματικά σήμερα το πρωί δεν έχω τίποτα να κάνω

Dijo el ratón al cur;

Είπε το ποντίκι στο cur?
**Un juicio así, querido señor, sin jurado ni juez, sería una
pérdida de aliento**
Μια τέτοια δίκη, αγαπητέ κύριε, χωρίς ενόρκους ή δικαστές,
θα χάναμε την ανάσα μας
—Seré juez, seré jurado —dijo el astuto viejo Fury—
«Θα είμαι κριτής, θα είμαι ένορκος», είπε πονηρά ο γερο-
Φιούρι
Juzgaré toda la causa y te condenaré a muerte
Θα δικάσω όλη την υπόθεση και θα σε καταδικάσω σε
θάνατο
el ratón le habló severamente a Alicia
το ποντίκι μίλησε αυστηρά στην Αλίκη
"¡No estás prestando atención!"
«Δεν δίνεις σημασία!»
—¿En qué estás pensando?
«Τι σκέφτεσαι;»
**—Le ruego que me perdone —dijo Alicia muy
humildemente—**
«Ζητώ συγνώμη», είπε η Αλίκη πολύ ταπεινά
– ¿Habías llegado a la quinta curva, creo?
«Είχες φτάσει στην πέμπτη στροφή, νομίζω;»
"¡Me insultas diciendo tales tonterías!"
«Με προσβάλλετε λέγοντας τέτοιες ανοησίες!»
Y el ratón se levantó y se alejó
Και το ποντίκι σηκώθηκε και έφυγε
Alicia llamó al ratoncito
Η Αλίκη κάλεσε το μικρό ποντίκι
"¡Por favor, regresa y termina tu historia!"
«Παρακαλώ επιστρέψτε και τελειώστε την ιστορία σας!»
Y todos los demás se unieron a coro
Και όλοι οι άλλοι ενώθηκαν εν χορώ
"¡Sí, por favor, termine su historia!"
«Ναι, παρακαλώ τελειώστε την ιστορία σας!»
Pero el ratón se limitó a negar con la cabeza con impaciencia
Αλλά το ποντίκι κούνησε μόνο το κεφάλι του ανυπόμονα
Y el ratoncito caminó un poco más rápido

και το μικρό ποντίκι περπάτησε λίγο πιο γρήγορα
—¡Ojalá tuviera aquí a Dinah, nuestra gata! —dijo Alicia—
«Μακάρι να είχα την Ντίνα, τη γάτα μας, εδώ!» είπε η
Αλίκη
Esto causó una notable sensación entre el grupo
Αυτό προκάλεσε μια αξιοσημείωτη αίσθηση μεταξύ του
κόμματος
Algunos de los pájaros se apresuraron a huir de inmediato
Μερικά από τα πουλιά έσπευσαν αμέσως
y un canario gritó con voz temblorosa a sus hijos;
Και ένα καναρίνι φώναξε με τρεμάμενη φωνή, στα παιδιά
του.
—¡Váyanse, queridos míos!
«Φύγε, αγαπητοί μου!»
"¡Ya es hora de que estén todos en la cama!"
«Ήρθε η ώρα να είστε όλοι στο κρεβάτι!»
Con varias excusas se fueron todos
Με διάφορες δικαιολογίες έφυγαν όλοι
y Alicia no tardó en quedarse sola
και η Αλίκη σύντομα έμεινε μόνη
—¡Ojalá no hubiera mencionado a Dinah!
«Μακάρι να μην είχα αναφέρει την Ντίνα!»
"Parece que a nadie le gusta aquí abajo"
«Κανείς δεν φαίνεται να την συμπαθεί εδώ κάτω»
—¡Pero estoy seguro de que es la mejor gata del mundo!
«αλλά είμαι σίγουρος ότι είναι η καλύτερη γάτα στον
κόσμο!»
La pobre Alicia se echó a llorar de nuevo
Η καημένη η Αλίκη άρχισε να κλαίει ξανά
porque se sentía muy sola y desanimada
επειδή ένιωθε πολύ μόνη και με χαμηλό πνεύμα
Al cabo de un rato, sin embargo, volvió a oír algo
Σε λίγο, όμως, άκουσε πάλι κάτι
un pequeño golpeteo de pasos a lo lejos
Ένα μικρό χτύπημα των βημάτων στο βάθος
Y ella miró hacia arriba ansiosamente
Και κοίταξε ψηλά με ανυπομονησία

El conejo manda al pequeño Sr. Bill
Το κουνέλι στέλνει τον μικρό κύριο Μπιλ

Era el conejo blanco, que volvía trotando lentamente

Ήταν το λευκό κουνέλι, που έτρεχε αργά πίσω και πάλι

Miraba a su alrededor ansiosamente mientras se alejaba

Κοιτούσε με αγωνία καθώς πήγαινε

Parecía como si hubiera perdido algo

Έμοιαζε σαν να είχε χάσει κάτι

Alicia le oyó murmurar para sí misma

Η Αλίκη τον άκουσε να μουρμουρίζει στον εαυτό του

—¡La duquesa! ¡La duquesa! ¡Oh, mis queridas patas!

«Η Δούκισσα! Η Δούκισσα! Ω, αγαπητά μου πόδια!»

—¡Oh, mi pelo y mis bigotes!

«Ω, η γούνα και τα μουστάκια μου!»

"Ella hará que me ejecuten, estoy seguro de eso"

«Θα με εκτελέσει, είμαι σίγουρος γι' αυτό»

—¡Tan cierto como que los hurones son hurones!

"Τόσο σίγουρος όσο τα κουνάβια είναι κουνάβια!"

"¿Dónde puedo haber dejado mis cosas, me pregunto?"

«Πού μπορώ να έχω ρίξει τα πράγματά μου, αναρωτιέμαι;»

Alicia adivinó en un momento lo que estaba buscando

Η Αλίκη μάντεψε σε μια στιγμή τι έψαχνε

Buscaba el abanico de plumas

Έψαχνε για τον ανεμιστήρα φτερών

Y buscaba el par de guantes blancos
και έψαχνε για το ζευγάρι λευκά γάντια
Así que ella, muy bondadosamente, comenzó a buscar los guantes
Έτσι πολύ καλοπροαίρετα άρχισε να ψάχνει για τα γάντια
Y también buscó el abanico de plumas
Και έψαξε και για τον ανεμιστήρα φτερών
Pero los guantes y el abanico de plumas no se veían por ninguna parte
Αλλά τα γάντια και ο ανεμιστήρας φτερών δεν ήταν πουθενά
Todo parecía haber cambiado desde que se bañó en la piscina
Όλα έμοιαζαν να έχουν αλλάξει από τότε που έκανε το μπάνιο της στην πισίνα
Nada era igual desde que estaba en el Gran Salón
Τίποτα δεν ήταν το ίδιο από τότε που βρισκόταν στη Μεγάλη Αίθουσα
y la mesa de cristal había desaparecido
και το γυάλινο τραπέζι είχε εξαφανιστεί
Y la puertecita tampoco estaba allí
Και η μικρή πόρτα δεν ήταν ούτε εκεί
Muy pronto el conejo se fijó en Alicia
Πολύ σύντομα το κουνέλι παρατήρησε την Αλίκη
—la llamó en tono airado
Της φώναξε με θυμωμένο τόνο
—Mary Ann, ¿qué haces aquí?
«Μαίρη Ανν, τι κάνεις εδώ έξω;»
"Corre a casa en este momento"
«Τρέξε σπίτι αυτή τη στιγμή»
—¡Y tráeme un par de guantes y un abanico de plumas!
«Και φέρτε μου ένα ζευγάρι γάντια και έναν ανεμιστήρα φτερών!»
—¡Y date prisa!
"Και να είστε γρήγοροι γι 'αυτό!"
Alicia se habló a sí misma mientras salía corriendo
Η Αλίκη μιλούσε στον εαυτό της καθώς έφευγε τρέχοντας

—¡Debe de haberme confundido con su criada!

«Πρέπει να με μπέρδεψε με την υπηρέτριά του!»

"¡Qué sorpresa se quedará cuando se entere de quién soy!"

«Πόσο έκπληκτος θα εκπλαγεί όταν ανακαλύψει ποιος είμαι!»

Al decir esto, se encontró con una casita pulcra

Καθώς το είπε αυτό, βρήκε ένα τακτοποιημένο μικρό σπίτι

En la puerta de la casa había una placa de bronce brillante

Στην πόρτα του σπιτιού υπήρχε μια φωτεινή ορειχάλκινη πλάκα

"W. CONEJO"

"W. ΚΟΥΝΈΛΙ"

Entró sin llamar a la puerta

Μπήκε μέσα χωρίς να χτυπήσει την πόρτα

Y se apresuró a subir las escaleras

Και έσπευσε κατευθείαν στον επάνω όροφο

le preocupaba conocer a la verdadera Mary Ann

ανησυχούσε ότι θα μπορούσε να συναντήσει την πραγματική Mary Ann

porque entonces la echarían de la casa

γιατί τότε θα την έδιωχναν από το σπίτι

Y no sería capaz de encontrar el abanico de plumas y los guantes

Και δεν θα μπορούσε να βρει τον ανεμιστήρα φτερών και τα γάντια

Alicia había encontrado el camino hacia una pequeña habitación ordenada

Η Αλίκη είχε βρει το δρόμο της σε ένα τακτοποιημένο μικρό δωμάτιο

En la habitación había una mesa junto a la ventana

Στο δωμάτιο υπήρχε ένα τραπέζι δίπλα στο παράθυρο

y sobre la mesa había un abanico de plumas

και στο τραπέζι ήταν ένας ανεμιστήρας φτερών

Y había dos o tres pares de diminutos guantes blancos

Και υπήρχαν δύο ή τρία ζευγάρια μικροσκοπικά λευκά γάντια

Cogió el abanico de plumas y un par de guantes

Πήρε τον ανεμιστήρα φτερών και ένα ζευγάρι γάντια
Y estaba a punto de salir de la habitación
Και ήταν έτοιμη να φύγει από το δωμάτιο
Pero entonces sus ojos se posaron en una botellita
Αλλά τότε τα μάτια της έπεσαν πάνω σε ένα μικρό μπουκάλι
Descorchó la botella y se la llevó a los labios
Ξεκούμπωσε το μπουκάλι και το έβαλε στα χείλη της
"Espero que me haga crecer de nuevo"
«Ελπίζω ότι θα με κάνει να μεγαλώσω ξανά»
"¡Estoy cansada de ser una cosita tan pequeña!"
«Κουράστηκα να είμαι τόσο μικρό πράγμα!»
Alicia apenas se había bebido la mitad de la botella
Η Αλίκη δεν είχε πιει σχεδόν καθόλου το μισό μπουκάλι
Su cabeza ya estaba presionada contra el techo
Το κεφάλι της πίεζε ήδη το ταβάνι
Y tuvo que agacharse
Και έπρεπε να σκύψει κάτω
para salvar su cuello de ser roto
για να σώσει το λαιμό της από το σπάσιμο
Dejó apresuradamente la botella
Έβαλε βιαστικά κάτω το μπουκάλι
"Con eso basta"
"Αυτό είναι αρκετό"
"Espero no crecer más"
«Ελπίζω να μην μεγαλώσω άλλο»
¡Ay! ¡Era demasiado tarde para desearlo!
Αλίμονο! Ήταν πολύ αργά για να το ευχηθούμε!
Ella siguió creciendo y creciendo
Συνέχισε να μεγαλώνει και να μεγαλώνει
y muy pronto tuvo que arrodillarse en el suelo
Και πολύ σύντομα έπρεπε να γονατίσει στο πάτωμα
Y aun así siguió creciendo
Και ακόμα και τότε συνέχισε να μεγαλώνει
Como último recurso, sacó un brazo por la ventana
Ως τελευταίο πόρο έβαλε το ένα χέρι έξω από το παράθυρο
Y metió un pie por la chimenea

και έβαλε το ένα πόδι πάνω στην καμινάδα
"Ahora no puedo hacer más, pase lo que pase"
«Τώρα δεν μπορώ να κάνω περισσότερα, ό,τι κι αν συμβεί»
—¿Qué será de mí?
«Τι θα απογίνω εγώ;»

Alicia tuvo un poco de suerte
Η Αλίκη είχε ένα σημείο τύχης
La pequeña botella mágica había tenido todo su efecto
Το μικρό μαγικό μπουκάλι είχε την πλήρη επίδρασή του
y Alicia no creció más de lo que era
και η Αλίκη δεν μεγάλωσε περισσότερο από ό, τι ήταν
Al cabo de unos minutos oyó una voz en el exterior
Μετά από λίγα λεπτά άκουσε μια φωνή έξω
Y se detuvo a escuchar la voz
και σταμάτησε να ακούσει τη φωνή
—¡María Ana! ¡Mary Ann! -dijo la voz-
«Μαίρη Ανν! Μαίρη Ανν!» είπε η φωνή
"¡Tráeme mis guantes en este momento!"
«Φέρε μου τα γάντια μου αυτή τη στιγμή!»
Luego se oyó un pequeño golpeteo de pies en la escalera
Στη συνέχεια ήρθε ένα μικρό χτύπημα των ποδιών στις
σκάλες
Alicia supo que era el conejo que venía a buscarla
Η Αλίκη ήξερε ότι ήταν το κουνέλι που ερχόταν να την
ψάξει
Y tembló hasta hacer temblar la casa

Και έτρεμε μέχρι που ταρακούνησε το σπίτι
Se olvidó por completo de sus proporciones
Ξέχασε ποιες ήταν οι αναλογίες της
Era mil veces más grande que el conejo
Ήταν χίλιες φορές μεγαλύτερη από το κουνέλι
Y no tenía por qué temer a un conejo
Και δεν είχε κανένα λόγο να φοβάται ένα κουνέλι
De pronto, el conejo se acercó a la puerta
Σύντομα το κουνέλι ήρθε στην πόρτα
Y el conejito trató de abrir la puerta
Και το μικρό κουνέλι προσπάθησε να ανοίξει την πόρτα
La puerta comenzó a abrirse hacia adentro
Η πόρτα άρχισε να ανοίγει προς τα μέσα
pero el codo de Alicia estaba apretado con fuerza contra la puerta
αλλά ο αγκώνας της Αλίκης πιέστηκε δυνατά στην πόρτα
Ese intento resultó un fracaso
Αυτή η προσπάθεια αποδείχθηκε αποτυχημένη
Alicia oyó que el conejo se hablaba a sí mismo
Η Αλίκη άκουσε το κουνέλι να μιλάει στον εαυτό του
"Entonces daré la vuelta y entraré por la ventana"
«Μετά θα πάω και θα μπω από το παράθυρο»
«¡Que no lo harás!», pensó Alicia
«Ότι δεν θα το κάνεις!» σκέφτηκε η Αλίκη
Y volvió a esperar un poco
και περίμενε λίγο ξανά
Pronto oyó al conejo justo debajo de la ventana
Σύντομα άκουσε το κουνέλι ακριβώς κάτω από το παράθυρο
De repente extendió la mano
Ξαφνικά άπλωσε το χέρι της
Y ella hizo un arrebato en el aire
και έκανε μια αρπαγή στον αέρα
No se apoderó de nada
Δεν πήρε τίποτα στα χέρια της
Pero oyó un pequeño alarido y una caída
Αλλά άκουσε μια μικρή κραυγή και μια πτώση

Y oyó el estrépito de cristales rotos

και άκουσε μια συντριβή σπασμένου γυαλιού

Tal vez el conejo se había caído

Ίσως το κουνέλι να είχε πέσει

Tal vez estaba en un invernadero

Ίσως ήταν σε ένα θερμοκήπιο

Luego se oyó una voz airada; La voz del conejo

Μετά ακούστηκε μια θυμωμένη φωνή. Η φωνή του κουνελιού

"Pat, ¿dónde estás?"

"Pat, πού είσαι;"

Y entonces llegó una voz que nunca antes había oído

Και τότε ήρθε μια φωνή που δεν είχε ακούσει ποτέ πριν

"¡Su señoría, estoy aquí!"

«Τιμή σας, είμαι εδώ!»

"Estoy cavando en busca de manzanas"

«Σκάβω μήλα»

"¡Aquí! ¡Ven y ayúdame a salir de esto!"

«Εδώ! Ελάτε να με βοηθήσετε να βγω από αυτό!»

—Ahora dime, Pat, ¿qué es eso que hay en la ventana?

«Τώρα πες μου, Πατ, τι είναι αυτό στο παράθυρο;»

"Claro, su señoría, se lo diré"

«Σίγουρα, τιμή σου, θα σου πω»

"¡Es un brazo que está en la ventana!"

«Είναι ένα χέρι που είναι στο παράθυρο!»

"Bueno, un brazo no tiene nada que hacer allí"

"Λοιπόν, ένα χέρι δεν έχει καμία δουλειά εκεί"

"¡Ve y quítate el brazo!"

«Πήγαινε και πάρε το χέρι μακριά!»

Hubo un largo silencio después de esto

Υπήρξε μια μακρά σιωπή μετά από αυτό

y Alicia sólo podía oír susurros de vez en cuando

και η Αλίκη άκουγε μόνο ψιθύρους πού και πού

Y, por fin, volvió a extender la mano

Και επιτέλους άπλωσε ξανά το χέρι της

Y ella hizo otro arrebato en el aire

Και έκανε άλλη μια αρπαγή στον αέρα

Esta vez hubo dos pequeños chillidos

Αυτή τη φορά υπήρχαν δύο μικρές κραυγές

y se escucharon más sonidos de vidrios rotos

και υπήρχαν περισσότεροι ήχοι σπασμένου γυαλιού

«¡Me pregunto qué harán ahora!», pensó Alicia

«Αναρωτιέμαι τι θα κάνουν μετά!» σκέφτηκε η Αλίκη

"Ojalá me sacaran por la ventana"

«Μακάρι να με έβγαζαν από το παράθυρο»

Esperó un buen rato

Περίμενε αρκετή ώρα

Pero durante un rato no oyó nada más

Αλλά για λίγο δεν άκουσε τίποτα περισσότερο

Por fin se oyó el estruendo de unas ruedas

Επιτέλους ήρθε ένα βουητό από μικρούς τροχούς

Y se oyó el sonido de muchas voces

Και ακούστηκε ο ήχος πολλών φωνών

Todas las voces hablaban al unísono

Όλες οι φωνές μιλούσαν μαζί

Pudo distinguir algunas de las palabras

Θα μπορούσε να διακρίνει μερικές από τις λέξεις

—¿Dónde está la otra escalera?

"Πού είναι η άλλη σκάλα;"

"Bill tiene la otra escalera"

«Ο Μπιλ έχει την άλλη σκάλα»

"¡Bill, ven aquí!"

«Μπιλ, έλα εδώ!»

—¿Soportará el techo la carga?

"Θα αντέξει η οροφή το φορτίο;"

—¿Quién quiere bajar por la chimenea?

"Ποιος θέλει να κατέβει από την καμινάδα;"

—¡No, no lo haré! ¡Tú lo haces!"

«Όχι, δεν θα το κάνω! Το κάνεις!»

—¡Aquí, Bill!

«Εδώ, Μπιλ!»

"¡El maestro dice que tienes que bajar por la chimenea!"

«Ο αφέντης λέει ότι πρέπει να κατέβεις από την καμινάδα!»

Alicia arrastró el pie por la chimenea todo lo que pudo

Η Αλίκη τράβηξε το πόδι της όσο πιο κάτω μπορούσε από την καμινάδα

Y luego esperó a ver lo que venía

Και μετά περίμενε να δει τι ερχόταν

Escuchó a un animalito arañar y revolver

Άκουσε ένα μικρό ζώο να ξύνεται και να ανακατεύεται

El animalito debe estar en la chimenea

το μικρό ζώο πρέπει να βρίσκεται στην καμινάδα

Luego dio una fuerte patada

Στη συνέχεια έδωσε μια απότομη κλωτσιά

Y esperó a ver qué pasaría después

Και περίμενε να δει τι θα συνέβαινε στη συνέχεια

Oyó un coro general de voces

Άκουσε μια γενική χορωδία φωνών

"¡Ahí va Bill!", dijeron todos

«Πάει Μπιλ!» είπαν όλοι

Entonces oyó solo la voz del conejo

Τότε άκουσε μόνο τη φωνή του κουνελιού

"¡Tú por el seto, atrápalo!"

«Εσύ από το φράχτη, πιάσε τον!»

Hubo otro momento de silencio

Τηρήθηκε ενός λεπτού σιγή

Y entonces hubo otra confusión de voces

Και τότε υπήρξε μια άλλη σύγχυση φωνών

"Levanta la cabeza, Brandy"

«Σήκωσε ψηλά το κεφάλι του, Μπράντι»

"Ten cuidado de no asfixiarlo"

«Πρόσεχε να μην τον πνίξεις»

—¿Qué te pasó?

«Τι σου συνέβη;»

Por último, llegó una vocecita débil y chillona

Τελευταία ήρθε μια λίγο αδύναμη, τσιριχτή φωνή

"Bueno, ya casi no sé"

"Λοιπόν, δεν ξέρω πια"

"Gracias a todos, ahora estoy mejor"

«Σας ευχαριστώ όλους, είμαι καλύτερα τώρα»

"Hay una cosa que puedo recordar"

«Υπάρχει ένα πράγμα που μπορώ να θυμηθώ»

"Algo viene hacia mí como un tren en un túnel"

"Κάτι έρχεται σε μένα σαν ένα τρένο σε ένα τούνελ"

"¡Y vuelo hacia arriba como un cohete!"

«Και ψηλά πετάω σαν πύραυλος του ουρανού!»

Hubo uno o dos minutos de silencio

Τηρήθηκε ενός ή δύο λεπτών σιγή

Y entonces empezaron a moverse de nuevo

Και μετά άρχισαν να κινούνται ξανά

y Alicia oyó hablar de nuevo al Conejo

και η Αλίκη άκουσε το κουνέλι να μιλάει ξανά

"Un túmulo servirá, para empezar"

"Ένα barrowful θα κάνει, για να αρχίσει με"

«¿Un túmulo lleno de qué?», pensó Alicia

«Ένα βαρετό από τι;» σκέφτηκε η Αλίκη

Pero no la mantuvieron en suspenso por mucho tiempo

Αλλά δεν κρατήθηκε σε αγωνία για πολύ

Una lluvia de guijarros entró por la ventana

Μια ντουζιέρα από μικρά βότσαλα ήρθε από το παράθυρο

Y algunas de las piedrecitas le golpearon en la cara

και μερικά από τα μικρά βότσαλα την χτύπησαν στο πρόσωπο

Alicia se sorprendió por los guijarros

Η Αλίκη έμεινε έκπληκτη με τα μικρά βότσαλα

Todos los guijarros se estaban convirtiendo en pasteles

όλα τα μικρά βότσαλα μετατρέπονταν σε κέικ

Y una idea brillante se le ocurrió

Και μια λαμπρή ιδέα ήρθε στο μυαλό της

"Debería comerme uno de estos pasteles"

"Πρέπει να φάω ένα από αυτά τα κέικ"

"El pastel seguramente hará algún cambio en mi tamaño"

"Το κέικ είναι βέβαιο ότι θα κάνει κάποια αλλαγή στο μέγεθός μου"

Así que se tragó uno de los pasteles

Έτσι κατάπιε ένα από τα κέικ

Y se alegró al descubrir que empezaba a encogerse

Και ήταν ευτυχής που διαπίστωσε ότι άρχισε να συρρικνώνεται

Pronto fue lo suficientemente pequeña como para pasar por la puerta

Σύντομα ήταν αρκετά μικρή για να περάσει την πόρτα

Salió corriendo de la casa

Έτρεξε έξω από το σπίτι

Una multitud de animalitos y pájaros esperaban afuera

Ένα πλήθος μικρών ζώων και πουλιών περίμενε έξω

todos los pajaritos y animales se abalanzaron sobre Alicia

όλα τα μικρά πουλιά και ζώα όρμησαν στην Αλίκη

Pero ella huyó lo más rápido que pudo

Αλλά έφυγε όσο πιο γρήγορα μπορούσε

Y pronto se encontró a salvo en un espeso bosque

Και σύντομα βρέθηκε ασφαλής σε ένα παχύ δάσος

Alicia vagaba por el bosque

Η Αλίκη περιπλανιόταν στο δάσος

Y pensó para sí misma:

Και σκέφτηκε:

"Sé lo que tengo que hacer primero"

«Ξέρω τι πρέπει να κάνω πρώτα»

"Primero tengo que volver a crecer hasta el tamaño adecuado"

"πρώτα πρέπει να μεγαλώσω ξανά στο σωστό μου μέγεθος"

"Y luego tengo que encontrar mi camino hacia ese hermoso jardín"

"και τότε πρέπει να βρω το δρόμο μου σε αυτόν τον υπέροχο κήπο"

"Supongo que debería comer o beber una cosa u otra"

«Υποθέτω ότι πρέπει να φάω ή να πιω κάτι ή άλλο»

"Pero la pregunta es ¿qué debo comer o beber?"

"αλλά το ερώτημα είναι τι πρέπει να φάω ή να πιω;"

Alicia miró a su alrededor las flores

Η Αλίκη κοίταξε γύρω της τα λουλούδια

Y miró a través de las briznas de hierba

Και κοίταξε μέσα από τις λεπίδες του γρασιδιού

pero no podía ver nada de comer ni de beber

Αλλά δεν μπορούσε να δει τίποτα να φάει ή να πιει

Nada parecía ser lo adecuado para comer o beber

Τίποτα δεν έμοιαζε με το σωστό πράγμα για φαγητό ή ποτό

Había un gran hongo creciendo cerca de ella

Υπήρχε ένα μεγάλο μανιτάρι που μεγάλωνε κοντά της

el hongo tenía aproximadamente la misma altura que Alicia

το μανιτάρι είχε περίπου το ίδιο ύψος με την Αλίκη

Se estiró de puntillas

Τεντώθηκε στις μύτες των ποδιών

Y se asomó por el borde del hongo

Και κρυφοκοίταξε πάνω από την άκρη του μανιταριού

Sus ojos se encontraron inmediatamente con los ojos de una gran oruga azul

Τα μάτια της συνάντησαν αμέσως τα μάτια μιας μεγάλης μπλε κάμπιας

La oruga estaba sentada en la parte superior del hongo

Η κάμπια καθόταν στην κορυφή του μανιταριού

y la oruga se había cruzado de brazos

Και η κάμπια είχε σταυρώσει όλα τα χέρια του

Y estaba fumando tranquilamente una larga cachimba

Και κάπνιζε ήσυχα ένα μακρύ ναργιλέ

y no hizo la menor atención a nada

Και δεν έδωσε την παραμικρή σημασία σε τίποτα

y ciertamente no le prestó atención a Alicia

και σίγουρα δεν έδωσε προσοχή στην Αλίκη

Consejos de una oruga

Συμβουλές από κάμπια

Por fin, la oruga se quitó la pipa de la boca

Επιτέλους η κάμπια έβγαλε τον ναργιλέ από το στόμα της

y se dirigió a Alicia con voz lánguida y soñolienta

και απευθύνθηκε στην Αλίκη με μια νωχελική, νυσταγμένη φωνή

—¿Quién eres? —preguntó la oruga

«Ποιος είσαι;» είπε η κάμπια

Alicia respondió, con cierta timidez: "No lo sé, señor"

Η Αλίκη απάντησε, μάλλον ντροπαλά, «Δεν ξέρω, κύριε»

"Justo en este momento está todo un poco..."

«Ακριβώς αυτή τη στιγμή είναι όλα λίγο...»

"Sé quién era cuando me levanté esta mañana"

«Ξέρω ποιος ήμουν όταν σηκώθηκα σήμερα το πρωί»

"pero creo que debo haber cambiado varias veces desde entonces"

"αλλά νομίζω ότι πρέπει να έχω αλλάξει αρκετές φορές από τότε"

—¿Qué quieres decir con eso? —dijo la oruga—

«Τι εννοείς με αυτό;» είπε η κάμπια

Con severidad, la oruga le pidió que se explicara

Αυστηρά η κάμπια της ζήτησε να εξηγήσει τον εαυτό της

—Me temo que no puedo explicarme, señor —dijo Alicia—

«Δεν μπορώ να εξηγήσω τον εαυτό μου, φοβάμαι, κύριε», είπε η Αλίκη

"porque no soy yo mismo"

«γιατί δεν είμαι ο εαυτός μου»

"Verás, tener tantos tamaños diferentes en un día es muy confuso"

"Βλέπετε, το να έχεις τόσα πολλά διαφορετικά μεγέθη σε μια μέρα είναι πολύ συγκεχυμένο"

Se incorporó y dijo muy gravemente:

Σηκώθηκε και είπε πολύ σοβαρά:

"Creo que primero deberías decirme quién eres"

«Νομίζω ότι πρέπει πρώτα να μου πεις ποιος είσαι»

"¿Por qué?", dijo la oruga

«Γιατί;» είπε η κάμπια

Alicia no se le ocurría ninguna buena razón

Η Αλίκη δεν μπορούσε να σκεφτεί κανένα καλό λόγο

Y la oruga parecía estar en un estado de ánimo muy desagradable

Και η κάμπια φαινόταν να είναι σε μια πολύ δυσάρεστη κατάσταση του μυαλού

Así que se dio la vuelta

Έτσι γύρισε μακριά

"¡Vuelve!", la oruga la llamó

«Γύρνα πίσω!» της φώναξε η κάμπια

"¡Tengo algo importante que decir!"

«Έχω κάτι σημαντικό να πω!»

Alicia se dio la vuelta y volvió otra vez

Η Αλίκη γύρισε και επέστρεψε ξανά

—Mantén la calma —dijo la oruga—

«Κράτα την ψυχραιμία σου», είπε η κάμπια

-¿Eso es todo? -preguntó Alicia

«Αυτό είναι όλο;» είπε η Αλίκη

Y se tragó su rabia lo mejor que pudo

Και κατάπιε το θυμό της όσο καλύτερα μπορούσε

—No —dijo la oruga—

«Όχι», είπε η κάμπια

La oruga desplegó sus brazos

Η κάμπια ξεδίπλωσε τα χέρια της

Y volvió a sacarse la pipa de la boca

Και έβγαλε πάλι τον ναργιλέ από το στόμα του

y él dijo: "Así que Ud. piensa que Ud. ha cambiado, ¿verdad?"

Και είπε, ''Έτσι νομίζεις ότι έχεις αλλάξει, έτσι;''

—Me temo, he cambiado, señor —dijo Alicia—

«Φοβάμαι, έχω αλλάξει, κύριε», είπε η Αλίκη

"No puedo recordar las cosas como solía recordarlas"

«Δεν μπορώ να θυμηθώ τα πράγματα όπως τα θυμόμουν»

"¡Y no me quedo del mismo tamaño por más de diez minutos!"

"και δεν μένω στο ίδιο μέγεθος για περισσότερο από δέκα λεπτά!"

"¿Qué tamaño quieres tener?", preguntó la oruga

«Τι μέγεθος θέλεις να είσαι;» ρώτησε η κάμπια

—Oh, no me importa especialmente el tamaño que tenga — respondió Alicia apresuradamente—

«Ω, δεν με πειράζει ιδιαίτερα τι μέγεθος είμαι», απάντησε βιαστικά η Αλίκη

"Simplemente no me gusta cambiar de tamaño tan a menudo, ya sabes"

"Απλά δεν μου αρέσει να αλλάζω μέγεθος τόσο συχνά, ξέρεις"

"Me gustaría ser un poco más grande, señor"

«Θα ήθελα να είμαι λίγο μεγαλύτερος, κύριε»

—Si no te importa —añadió Alicia—

«Αν δεν σε πειράζει», πρόσθεσε η Αλίκη

"Diez centímetros es una altura tan miserable para ser"

"Δέκα εκατοστά είναι ένα τόσο άθλιο ύψος για να είναι"

-¡Es una altura muy buena! -exclamó la oruga con rabia-

«Είναι πράγματι πολύ καλό ύψος!» είπε θυμωμένη η κάμπια

Y se irguió mientras hablaba

Και σηκώθηκε όρθιος καθώς μιλούσε

Medía exactamente diez centímetros de alto

Είχε ύψος ακριβώς δέκα εκατοστά

En uno o dos minutos, la oruga bajó del hongo

Σε ένα ή δύο λεπτά, η κάμπια κατέβηκε από το μανιτάρι

Y se arrastró por la hierba

και σύρθηκε μακριά στο χορτάρι

Al alejarse, hizo algunas pequeñas observaciones

Καθώς έφευγε, έκανε μερικές μικρές παρατηρήσεις

"Un lado te hará crecer más alto"

"Η μία πλευρά θα σας κάνει να ψηλώσετε"

"Y el otro lado te hará acortar"

"Και η άλλη πλευρά θα σας κάνει να μικρύνετε"

«¿Un lado de qué?», pensó Alicia para sí misma

«Μια πλευρά από τι;» σκέφτηκε η Αλίκη στον εαυτό της

—¿El otro lado de qué?

"Η άλλη πλευρά τι;"

—El costado del hongo —dijo la oruga—

«Η πλευρά του μανιταριού», είπε η κάμπια

Era como si hubiera hecho su pregunta en voz alta

Ήταν σαν να είχε κάνει την ερώτησή της δυνατά

Y en otro momento, se perdió de vista

Και σε μια άλλη στιγμή, ήταν εκτός οπτικού πεδίου

Alicia se quedó mirando pensativa el hongo

Η Αλίκη παρέμεινε κοιτάζοντας προσεκτικά το μανιτάρι

Estaba tratando de distinguir cuáles eran los dos lados del hongo

Προσπαθούσε να καταλάβει ποιες ήταν οι δύο πλευρές του μανιταριού

Por fin, estiró los brazos alrededor de la seta

Επιτέλους τέντωσε τα χέρια της γύρω από το μανιτάρι

Y rompió un poco los bordes

και έσπασε λίγο από τις άκρες

"Y ahora, ¿qué lado es cuál?", se dijo a sí misma

«Και τώρα, ποια πλευρά είναι ποια;» είπε στον εαυτό της

Y mordisqueó un poco de la parte de la mano derecha

και τσίμπησε λίγο από το δεξί κομμάτι

Al momento siguiente sintió un violento golpe debajo de la barbilla

Την επόμενη στιγμή ένιωσε ένα βίαιο χτύπημα κάτω από το πηγούνι της

¡Su barbilla había golpeado su pie!

Το πηγούνι της είχε χτυπήσει το πόδι της!

Estaba bastante asustada por este cambio tan repentino

Ήταν πολύ φοβισμένη από αυτή την πολύ ξαφνική αλλαγή

Se estaba encogiendo muy rápidamente

Συρρικνωνόταν πολύ γρήγορα

Así que rápidamente se comió un poco del otro trozo de champiñón

Έτσι έφαγε γρήγορα λίγο από το άλλο κομμάτι μανιταριού

Su barbilla estaba muy presionada contra su pie

Το πηγούνι της πιέστηκε πολύ στενά στο πόδι της

Apenas había espacio para abrir la boca

Δεν υπήρχε σχεδόν καθόλου χώρος για να ανοίξει το στόμα της

Pero al fin logró abrir la boca

Αλλά τελικά κατάφερε να ανοίξει το στόμα της

Y tragó un bocado del pedazo de la mano izquierda

και κατάπιε μια μπουκιά από το αριστερό κομμάτι

-¡Por fin me han liberado la cabeza! -exclamó Alicia-

«Επιτέλους ελευθερώθηκε το κεφάλι μου!» είπε η Αλίκη

Se miró a sí misma

Κοίταξε τον εαυτό της

Pero todo lo que podía ver era una inmensa longitud de cuello

Αλλά το μόνο που μπορούσε να δει ήταν ένα τεράστιο μήκος λαιμού

Su cuello parecía elevarse como un tallo

Ο λαιμός της φαινόταν να ανεβαίνει σαν μίσχος

Y miró hacia abajo sobre un mar de hojas verdes

Και κοίταξε κάτω πάνω από μια θάλασσα από πράσινα φύλλα

— ¿A dónde han llegado mis hombros?

«Πού πήγαν οι ώμοι μου;»

"Y oh, mis pobres manos, ¿cómo es que no puedo verte?"

«Και ω, φτωχά μου χέρια, πώς γίνεται να μην μπορώ να σε δω;»
Pero su cuello tenía un beneficio
Αλλά ο λαιμός της είχε ένα όφελος.
Podía mover la cabeza en cualquier dirección
Μπορούσε να κινήσει το κεφάλι της προς οποιαδήποτε κατεύθυνση
De hecho, era como una serpiente
Στην πραγματικότητα, ήταν ακριβώς όπως ένα φίδι
Ella zigzagueó con gracia con la cabeza hacia abajo
Έκανε χαριτωμένα ζιγκ-ζαγκ το κεφάλι της προς τα κάτω
Y movió la cabeza entre los árboles
Και κίνησε το κεφάλι της μέσα από τα δέντρα
Pero entonces oyó un silbido agudo
Αλλά τότε άκουσε ένα απότομο σφύριγμα
Y rápidamente echó la cabeza hacia atrás
Και τράβηξε γρήγορα το κεφάλι της προς τα πίσω
Una gran paloma había volado hacia su cara
Ένα μεγάλο περιστέρι είχε πετάξει στο πρόσωπό της
y la paloma se agitó violentamente con sus alas
Και το περιστέρι ήταν βίαια με τα φτερά του

¡Serpiente! -exclamó la paloma-

«Φίδι!» φώναξε το περιστέρι

-¡No soy una serpiente! -exclamó Alicia indignada-

«Δεν είμαι φίδι!» είπε αγανακτισμένη η Αλίκη

"¡Déjame en paz!"

«Άσε με ήσυχο!»

"He probado las raíces de los árboles"

"Έχω δοκιμάσει τις ρίζες των δέντρων"

—Y he probado setos —prosiguió la paloma—

«Και έχω δοκιμάσει φράχτες», συνέχισε το περιστέρι

—¡Pero esas serpientes! ¡No hay forma de complacerlos!"

«Μα αυτά τα φίδια! Δεν τους ευχαριστεί!»

Alicia estaba cada vez más desconcertada

Η Αλίκη ήταν όλο και πιο μπερδεμένη

-Como si ya fuera bastante trabajo incubar los huevos -dijo
la paloma-

«Σαν να μην ήταν αρκετό πρόβλημα η εκκόλαψη των
αυγών», είπε το περιστέρι

—¡De noche y de día también tengo que estar atento a las
serpientes!

«Νύχτα και μέρα πρέπει να προσέχω και τα φίδια!»

"Acababa de encontrar el árbol más alto del bosque"

«Μόλις είχα βρει το ψηλότερο δέντρο στο δάσος»

—¿Estaría libre de serpientes aquí?

«Σίγουρα θα ήμουν ελεύθερος από τα φίδια εδώ;»

"¡Y sale una serpiente del cielo!"

«Και βγαίνει ένα φίδι από τον ουρανό!»

-¡Pero yo no soy una serpiente, te lo aseguro! -dijo Alicia-

«Μα δεν είμαι φίδι, σου λέω!» είπε η Αλίκη

"Soy un... Soy un... Soy una niña —añadió con cierta duda—

«Είμαι... Είμαι... Είμαι ένα μικρό κορίτσι», πρόσθεσε μάλλον
αμφίβολα

Después de todo, había estado pasando por muchos cambios

Εξάλλου, είχε περάσει από πολλές αλλαγές

—Estás buscando huevos —dijo la paloma—

«Ψάχνεις για αυγά», είπε το περιστέρι

"Lo sé con certeza"

"Το ξέρω αυτό για ένα γεγονός"
—¿Y qué importa si eres una niña o una serpiente?
«Και τι σημασία έχει αν είσαι κοριτσάκι ή φίδι;»
—A mí me importa mucho —dijo Alicia apresuradamente—
«Έχει μεγάλη σημασία για μένα», είπε βιαστικά η Αλίκη
"pero no estoy buscando huevos, como suele ser"
"αλλά δεν ψάχνω για αυγά, όπως συμβαίνει"
"Y de todos modos no querría tus huevos"
"και δεν θα ήθελα τα αυγά σου ούτως ή άλλως"
"No me gustan los huevos crudos"
«Δεν μου αρέσουν τα αυγά μου ωμά»
-¡Pues váyase! -dijo la paloma en tono malhumorado-
«Λοιπόν, φύγε τότε!» είπε το περιστέρι με μελαγχολικό τόνο
Y la paloma se instaló de nuevo en su nido
και το περιστέρι εγκαταστάθηκε ξανά στη φωλιά του
Alicia se agachó entre los árboles lo mejor que pudo
Η Αλίκη έσκυψε ανάμεσα στα δέντρα όσο καλύτερα μπορούσε
Su cuello no dejaba de enredarse entre las ramas
Ο λαιμός της συνέχιζε να μπλέκεται ανάμεσα στα κλαδιά
De vez en cuando tenía que detenerse y desenroscar el cuello
Κάθε τόσο έπρεπε να σταματήσει και να ξετυλίξει το λαιμό της
Al cabo de un rato se acordó de la seta
Μετά από λίγο θυμήθηκε το μανιτάρι
Todavía sostenía los trozos de hongo en sus manos
Κρατούσε ακόμα τα κομμάτια του μανιταριού στα χέρια της
Y se puso a trabajar con mucho cuidado
και άρχισε να εργάζεται πολύ προσεκτικά
Primero mordisqueó una pieza
Πρώτα τσίμπησε σε ένα κομμάτι
Y luego mordisqueó la otra pieza
Και μετά τσίμπησε το άλλο κομμάτι
A veces crecía
Μερικές φορές μεγάλωνε

y a veces se acortaba
Και μερικές φορές έγινε μικρότερη
pero finalmente alcanzó su altura habitual
Αλλά τελικά πέτυχε το συνηθισμένο ύψος της
Hacía tiempo que no era de su estatura
Δεν είχε το δικό της ύψος για αρκετό καιρό
Así que todo se sintió extraño por un tiempo
Έτσι όλα έμοιαζαν περίεργα για λίγο
"Lo siguiente que hay que hacer es entrar en ese hermoso jardín"
"Το επόμενο πράγμα που πρέπει να κάνετε είναι να μπείτε σε αυτόν τον όμορφο κήπο"
—¿Cómo se va a hacer eso, me pregunto?
«Πώς θα γίνει αυτό, αναρωτιέμαι;»
Al decir esto, llegó a un lugar abierto
Καθώς το είπε αυτό, ήρθε σε ένα ανοιχτό μέρος
Había una casita, un poco más de un metro de altura
Υπήρχε ένα μικρό σπίτι, λίγο ψηλότερα από ένα μέτρο
"Me pregunto quién vive en esta casita"
"Αναρωτιέμαι ποιος ζει σε αυτό το μικρό σπίτι"
"Ciertamente no puedo entrar tan grande como soy"
«Σίγουρα δεν μπορώ να μπω τόσο μεγάλος όσο είμαι»
—¡Los asustaría terriblemente!
«Θα τους τρόμαζα τρομερά!»
Así que volvió a mordisquear el pequeño champiñón
Έτσι τσίμπησε ξανά το μικρό μανιτάρι
Y pronto bajó treinta centímetros
Και σύντομα κατέβηκε τριάντα εκατοστά

Un cerdo y un poco de pimienta

Ένα γουρούνι και λίγο πιπέρι

Durante uno o dos minutos se quedó mirando la casa

Για ένα ή δύο λεπτά στάθηκε κοιτάζοντας το σπίτι

De repente, un lacayo salió corriendo del bosque

Ξαφνικά ένας πεζός βγήκε τρέχοντας από το δάσος

Vestía un uniforme especial

Φορούσε ειδική στολή εμφάνισης

A juzgar solo por su rostro, ella lo habría llamado pez

Κρίνοντας μόνο από το πρόσωπό του, θα τον αποκαλούσε ψάρι

Y golpeó fuertemente la puerta con los nudillos

Και χτύπησε δυνατά την πόρτα με τις αρθρώσεις του

La puerta fue abierta por otro lacayo

Την πόρτα άνοιξε ένας άλλος πεζός

Este lacayo también llevaba una librea especial

Και αυτός ο ποδοσφαιριστής φορούσε ειδική στολή

Este lacayo tenía una cara redonda y ojos grandes como los de una rana

Αυτός ο ποδοσφαιριστής είχε στρογγυλό πρόσωπο και μεγάλα μάτια σαν βάτραχος

El lacayo, que parecía un pez, inició la ceremonia

Ο ποδοσφαιριστής που έμοιαζε με ψάρι ξεκίνησε την τελετή

Sacó algo de debajo de su brazo

Έβγαλε κάτι κάτω από το χέρι του

Y sacó de debajo del brazo un sobre

Και έβγαλε από κάτω από το μπράτσο του ένα φάκελο

Y este sobre se lo entregó al otro lacayo

Και αυτόν τον φάκελο τον παρέδωσε στον άλλο πεζό.

En tono ceremonioso le comunicó las órdenes

Με τελετουργικό τόνο του είπε τις διαταγές

"Este mensaje es para la duquesa"

«Αυτό το μήνυμα είναι για τη Δούκισσα»

"Una invitación de la reina a jugar al croquet"

"Μια πρόσκληση από τη βασίλισσα να παίξει κροκέ"

El lacayo, que parecía una rana, repitió la orden

Ο πεζός που έμοιαζε με βάτραχο επανέλαβε τη διαταγή

"De la Reina"

"Από τη βασίλισσα"

"Una invitación"

"Μια πρόσκληση"

"para la duquesa"

"για τη Δούκισσα"

"Jugar al croquet"

"παίζοντας κροκέ"

Entonces ambos se inclinaron profundamente

Τότε και οι δύο υποκλίθηκαν χαμηλά

y los rizos de sus pelucas se enredaron

και οι μπούκλες στις περούκες τους μπλέχτηκαν μεταξύ τους

Pronto el lacayo que parecía un pez se había ido

Σύντομα ο πεζός που έμοιαζε με ψάρι είχε φύγει

Pero el lacayo que parecía una rana todavía estaba allí

Αλλά ο ποδοσφαιριστής που έμοιαζε με βάτραχο ήταν ακόμα εκεί

Estaba sentado en el suelo, cerca de la puerta

Καθόταν στο έδαφος κοντά στην πόρτα

Estaba mirando estúpidamente al cielo

Κοιτούσε ψηλά στον ουρανό

Alicia se acercó tímidamente a la puerta y llamó

Η Αλίκη ανέβηκε δειλά δειλά στην πόρτα και χτύπησε

—Es inútil llamar a la puerta —dijo el lacayo—

«Δεν υπάρχει λόγος να χτυπάς», είπε ο πεζός

"Y eso es por dos razones"

«Και αυτό για δύο λόγους»

"Primero, porque estoy del mismo lado de la puerta que tú"

"Πρώτον, επειδή είμαι στην ίδια πλευρά της πόρτας με εσάς"

"En segundo lugar, porque están haciendo mucho ruido dentro"

"Δεύτερον, επειδή κάνουν τόσο πολύ θόρυβο μέσα"

"Nadie podría escucharte"

«Κανείς δεν μπορούσε να σε ακούσει»

Y, ciertamente, había un ruido extraordinario en su interior

Και σίγουρα υπήρχε ένας πολύ ασυνήθιστος θόρυβος μέσα

un aullido y estornudos constantes

ένα συνεχές ουρλιαχτό και φτάρνισμα

y de vez en cuando se oye un gran estruendo

και κάθε τόσο ένας ήχος μεγάλης συντριβής

como si un plato o una tetera se hubieran roto en pedazos

σαν ένα πιάτο ή βραστήρας να είχε σπάσει σε κομμάτια

-¿Cómo voy a entrar? -preguntó Alicia

«Πώς θα μπω μέσα;» ρώτησε η Αλίκη

—¿Deberías entrar? —dijo el lacayo—

«Πρέπει να μπεις μέσα;» είπε ο πεζός

"Esa es la primera pregunta, ya sabes"

«Αυτή είναι η πρώτη ερώτηση, ξέρεις»

Alicia abrió la puerta y entró

Η Αλίκη άνοιξε την πόρτα και μπήκε μέσα

La puerta conducía directamente a una gran cocina

Η πόρτα οδηγούσε κατευθείαν σε μια μεγάλη κουζίνα

La cocina estaba llena de humo de un extremo a otro

Η κουζίνα ήταν γεμάτη καπνό από τη μια άκρη στην άλλη

en medio de la cocina estaba la duquesa

στη μέση της κουζίνας ήταν η Δούκισσα

Estaba sentada en un taburete de tres patas

Καθόταν σε ένα τρίποδο σκαμνί

Y ella estaba amamantando a un bebé

και θήλαζε ένα μωρό

El cocinero estaba inclinado sobre el fuego

Ο μάγειρας έσκυψε πάνω από τη φωτιά

Estaba removiendo un gran caldero

Ανακάτευε ένα μεγάλο καζάνι

y el caldero parecía estar lleno de sopa

Και το καζάνι φαινόταν να είναι γεμάτο σούπα

"¡Ciertamente hay demasiada pimienta en esa sopa!" —se dijo Alicia

"Υπάρχει σίγουρα πάρα πολύ πιπέρι σε αυτή τη σούπα!" είπε η Αλίκη στον εαυτό της

Lo dijo lo mejor que pudo, sin estornudar

Το είπε όσο καλύτερα μπορούσε χωρίς φτέρνισμα

Incluso la duquesa estornudaba de vez en cuando

Ακόμη και η Δούκισσα φτερνίστηκε περιστασιακά

Pero las acciones del bebé fueron las más notables

Αλλά οι ενέργειες του μωρού ήταν οι πιο αξιοσημείωτες

El bebé estornudaba y aullaba alternativamente

Το μωρό φτερνιζόταν και ούρλιαζε εναλλάξ

No hubo un momento de pausa entre aullidos y estornudos

Δεν υπήρξε ούτε μια στιγμή παύσης μεταξύ ουρλιαχτού και φτερνίσματος

Había dos criaturas en la cocina que no estornudaban

Υπήρχαν δύο πλάσματα στην κουζίνα που δεν φτερνίζονταν

El cocinero estaba demasiado ocupado para estornudar

Ο μάγειρας ήταν πολύ απασχολημένος για να φτερνιστεί

Y al gran gato no pareció importarle el pimiento

Και η μεγάλη γάτα δεν φαινόταν να πειράζει το πιπέρι

En cambio, el gran gato sonreía de oreja a oreja

Αντ'αυτού, η μεγάλη γάτα χαμογελούσε από αυτί σε αυτί

-Por favor, ¿podría decírmelo -dijo Alicia, un poco tímidamente-

«Σε παρακαλώ, πες μου», είπε δειλά δειλά η Αλίκη
"¿Por qué tu gato sonríe así?"
"Γιατί η γάτα σας χαμογελάει έτσι;"
-Es un gato de Cheshire -dijo la duquesa-
«Είναι μια γάτα Cheshire», είπε η δούκισσα
"Y por eso está sonriendo de oreja a oreja"
«Και γι' αυτό χαμογελάει από αυτί σε αυτί»
"No sabía que un gato de Cheshire siempre sonreía"
"Δεν ήξερα ότι μια γάτα Cheshire-Cat πάντα χαμογελούσε"
—De hecho, no sabía que los gatos podían sonreír —dijo
Alicia—
«Στην πραγματικότητα, δεν ήξερα ότι οι γάτες θα
μπορούσαν να χαμογελάσουν», είπε η Alice
-Hay muchas cosas que no sabes -dijo la duquesa-
«Υπάρχουν πολλά που δεν ξέρεις», είπε η δούκισσα
"Hay muchas cosas que no sabes y eso es un hecho"
"Υπάρχουν πολλά που δεν γνωρίζετε και αυτό είναι
γεγονός"
En ese momento, el cocinero retiró el caldero de sopa del
fuego
Ακριβώς τότε ο μάγειρας έβγαλε το καζάνι της σούπας από
τη φωτιά
Y en seguida se puso a tirar todo lo que estaba a su alcance
Και αμέσως άρχισε να πετάει ό,τι μπορούσε
arrojó todo lo que pudo a la duquesa y al bebé
έριξε ό,τι μπορούσε στη Δούκισσα και το μωρό
Primero arrojó los hierros de fuego
Πρώτα έριξε τα σίδερα της φωτιάς
Luego tiró un puñado de cacerolas
Στη συνέχεια έριξε μια χούφτα κατσαρόλες
y finalmente tiró los platos y las fuentes
Και τελικά πέταξε τα πιάτα και τα πιάτα
La duquesa no le hizo caso
Η Δούκισσα δεν την πρόσεξε
Incluso cuando fue golpeada por un plato, no se preocupó
Ακόμα και όταν χτυπήθηκε από ένα πιάτο, δεν
ανησυχούσε

El bebé ya estaba aullando tanto

Το μωρό ούρλιαζε ήδη τόσο πολύ

Así que era imposible decir si los golpes lastimaban al bebé o no

Έτσι ήταν αδύνατο να πούμε αν τα χτυπήματα έβλαψαν το μωρό ή όχι

—¡Oh, por favor, ten cuidado con lo que estás haciendo! — exclamó Alicia—

«Ω, σε παρακαλώ πρόσεχε τι κάνεις!» φώναξε η Αλίκη

Y saltaba de un lado a otro en una agonía de terror

Και πήδηξε πάνω-κάτω σε μια αγωνία τρόμου

la duquesa le ofreció a Alicia el bebé

η Δούκισσα πρόσφερε στην Αλίκη το μωρό

"¡Aquí! ¡Puedes amamantar un poco al bebé, si quieres!"

«Εδώ! Μπορείτε να θηλάσετε λίγο το μωρό, αν θέλετε!»

Y le arrojó al bebé mientras hablaba

Και πέταξε το μωρό πάνω της καθώς μιλούσε

"Tengo que ir a prepararme para jugar al croquet con la reina"

«Πρέπει να πάω και να ετοιμαστώ να παίξω κροκέ με τη βασίλισσα»

Y se apresuró a salir de la habitación

Και βγήκε βιαστικά από το δωμάτιο

Alicia atrapó al bebé con cierta dificultad

Η Αλίκη έπιασε το μωρό με κάποια δυσκολία

porque era una criatura de forma muy extraña

επειδή ήταν ένα πολύ περίεργο σχήμα μικρό πλάσμα

Y el bebé extendió los brazos y las piernas en todas direcciones

Και το μωρό άπλωσε τα χέρια και τα πόδια του προς όλες τις κατευθύνσεις

«Será mejor que me lleve a este niño conmigo», pensó Alicia

«Καλύτερα να πάρω αυτό το παιδί μαζί μου», σκέφτηκε η Αλίκη

"Seguro que matarán a este bebé en uno o dos días"

«Είναι σίγουρο ότι θα σκοτώσουν αυτό το μωρό σε μια ή δύο μέρες»

—¿No sería un asesinato dejar atrás a este bebé?
«Δεν θα ήταν δολοφονία να αφήσουμε αυτό το μωρό πίσω;»
Dijo las últimas palabras en voz alta
Είπε τις τελευταίες λέξεις δυνατά
Y la cosita gruñó en respuesta
Και το μικρό πράγμα γρύλισε σε απάντηση
—**Será mejor que no te conviertas en un cerdo, querida** — **dijo Alicia**—
«Καλύτερα να μην γίνεις γουρούνι, αγαπητή μου», είπε η Αλίκη
"o de lo contrario no tendré nada más que ver contigo"
"αλλιώς δεν θα έχω τίποτα άλλο να κάνω μαζί σου"
Alicia empezaba a pensar para sí misma:
Η Αλίκη μόλις είχε αρχίσει να σκέφτεται:
"Ahora, ¿qué voy a hacer con esta criatura cuando la lleve a casa?"
"Τώρα, τι θα κάνω με αυτό το πλάσμα, όταν το πάρω σπίτι;"
Pero entonces la pequeña criatura gruñó un poco violentamente
Αλλά τότε το μικρό πλάσμα γρύλισε λίγο βίαια
y Alicia lo miró a la cara con cierta alarma
και η Αλίκη κοίταξε κάτω στο πρόσωπό του με κάποιο συναγερμό
Esta vez no podía haber error al respecto
Αυτή τη φορά δεν θα μπορούσε να υπάρξει λάθος γι 'αυτό
No era ni más ni menos que un cerdo
Δεν ήταν ούτε περισσότερο ούτε λιγότερο από ένα γουρούνι
Así que dejó a la pequeña criatura en el suelo
Έτσι έβαλε το μικρό πλάσμα κάτω
y la pequeña criatura se aleja trotando tranquilamente hacia el bosque
Και το μικρό πλάσμα έτρεξε μακριά ήσυχα στο δάσος
Alicia se sintió bastante aliviada al ver que la criatura se iba
Η Αλίκη ένιωσε αρκετά ανακουφισμένη όταν είδε το πλάσμα να φεύγει

Alicia se sobresaltó un poco al ver al Gato de Cheshire

Η Αλίκη ξαφνιάστηκε λίγο βλέποντας τη γάτα Cheshire.

Estaba sentado en la rama de un árbol a pocos metros de distancia

Καθόταν σε ένα κλαδί ενός δέντρου λίγα μέτρα μακριά

El gato solo sonrió cuando la vio

Η γάτα χαμογέλασε μόνο όταν την είδε

—Gato de Cheshire —empezó Alicia, bastante tímidamente—

«Cheshire-cat», άρχισε η Αλίκη, μάλλον δειλά

—¿Podría decirme, por favor, qué camino debo tomar desde aquí?

«Θα μπορούσες, σε παρακαλώ, να μου πεις ποιο δρόμο πρέπει να ακολουθήσω από εδώ;»

—En esa dirección —dijo el gato—

«Προς αυτή την κατεύθυνση», είπε η γάτα

Y agitó la pata derecha

και κούνησε το δεξί πόδι γύρω

"En esa dirección vive un fabricante de sombreros"

«Προς αυτή την κατεύθυνση ζει ένας κατασκευαστής καπέλων»

Y entonces el gato agitó su otra pata

Και τότε η γάτα κούνησε το άλλο της πόδι

"Y en esa dirección vive una liebre de marzo"

«Και προς αυτή την κατεύθυνση ζει ένας λαγός πορείας»

"Visita a cualquiera de los que quieras; los dos están locos"

"Επισκεφθείτε ό, τι θέλετε. Είναι και οι δύο τρελοί»

—Pero yo no quiero andar entre locos —comentó Alicia—

«Αλλά δεν θέλω να πάω ανάμεσα σε τρελούς ανθρώπους», παρατήρησε η Αλίκη

—Oh, no puedes evitarlo —dijo el Gato—

«Ω, δεν μπορείς να το βοηθήσεις αυτό», είπε η γάτα

"Aquí estamos todos locos"

«Είμαστε όλοι τρελοί εδώ»

"¿Vas a jugar al croquet con la reina hoy?"

«Παίζεις κροκέ με τη βασίλισσα σήμερα;»

—Me gustaría mucho —dijo Alicia—

«Θα ήθελα πάρα πολύ», είπε η Αλίκη
"pero todavía no me han invitado"
"αλλά δεν έχω προσκληθεί ακόμα"
—Allí me verás —dijo el Gato—
«Θα με δεις εκεί», είπε η γάτα
Y de un momento a otro el gato desapareció
Και από τη μια στιγμή στην άλλη η γάτα εξαφανίστηκε
pronto Alicia llegó a la vista de la casa de la liebre de marzo
σύντομα η Αλίκη είδε το σπίτι του λαγού του μαρτίου
Era una casa muy grande
Αυτό ήταν ένα πολύ μεγάλο σπίτι
así que Alicia no quiso acercarse a la casa
έτσι η Αλίκη δεν ήθελε να πάει κοντά στο σπίτι
Primero tuvo que mordisquear un poco más del trozo de champiñón del lado izquierdo
Πρώτα έπρεπε να τσιμπήσει λίγο περισσότερο από την αριστερή πλευρά του μανιταριού

Una fiesta de té loca
Ένα τρελό πάρτι τσαγιού

Delante de la casa había un árbol

Μπροστά από το σπίτι υπήρχε ένα δέντρο

y debajo del árbol había una mesa

και κάτω από το δέντρο υπήρχε ένα τραπέζι

y la mesa estaba puesta con toda clase de cubiertos

και το τραπέζι ήταν στρωμένο με κάθε είδους μαχαιροπίρουνα

La Liebre de Marzo y el Sombrerero estaban sentados a la mesa

Ο λαγός του Μαρτίου και ο κατασκευαστής καπέλων ήταν στο τραπέζι

y juntos estaban tomando el té

και μαζί έπιναν τσάι

Un lirón estaba sentado entre ellos

Ανάμεσά τους καθόταν ένας μπακαλιάρος

y el lirón se durmió profundamente

Και η ράχη κοιμόταν γρήγορα

La mesa era de un tamaño extraordinario

Το τραπέζι ήταν εξαιρετικού μεγέθους

Pero la mayor parte de la mesa estaba desocupada

Αλλά το μεγαλύτερο μέρος του τραπεζιού ήταν άδειο

Se sentaron apiñados en una esquina de la mesa

Κάθισαν συνωστισμένοι μαζί σε μια γωνία του τραπεζιού

y, sin embargo, se excusaban cuando veían a Alicia

και όμως βρήκαν δικαιολογίες όταν είδαν την Αλίκη

"¡No hay espacio! ¡No hay lugar!", gritaron

"Δεν υπάρχει χώρος! Δεν υπάρχει χώρος!» φώναξαν

-¡Hay sitio de sobra! -exclamó Alicia indignada-

«Υπάρχει αρκετός χώρος!» είπε αγανακτισμένη η Αλίκη

En un extremo de la mesa había un gran sillón

Στη μία άκρη του τραπεζιού υπήρχε μια μεγάλη πολυθρόνα

y Alicia se sentó en el sillón

και η Αλίκη κάθισε στην πολυθρόνα

El sombrerero abrió mucho los ojos

Ο κατασκευαστής καπέλων άνοιξε τα μάτια του πολύ διάπλατα

No podía creer lo que estaba viendo

Δεν μπορούσε να πιστέψει αυτό που έβλεπε

Pero su mente tenía curiosidad por otras cosas

Αλλά το μυαλό του ήταν περίεργο για άλλα πράγματα

—¿Por qué un cuervo es como un escritorio?

"Γιατί ένα κοράκι είναι σαν ένα γραφείο;"

Alicia estaba abierta al reto

Η Αλίκη ήταν ανοιχτή στην πρόκληση

"Me alegro de que hayan empezado a hacer adivinanzas"

«Χαίρομαι που έχουν αρχίσει να ρωτούν γρίφους»

—Creo que puedo adivinarlo —añadió en voz alta—

«Πιστεύω ότι μπορώ να το μαντέψω αυτό», πρόσθεσε δυνατά

La liebre de marzo sintió curiosidad por Alicia

Ο λαγός της πορείας έγινε περίεργος για την Αλίκη

"¿De verdad crees que puedes encontrar la respuesta?"

"Πιστεύετε πραγματικά ότι μπορείτε να βρείτε την απάντηση;"

—Creo que puedo encontrar la respuesta —dijo Alicia—

«Νομίζω ότι μπορώ να βρω την απάντηση πράγματι», είπε η Αλίκη

—Entonces deberías decir lo que quieres decir —prosiguió la liebre de la marcha—

«Τότε πρέπει να πεις τι εννοείς», συνέχισε ο λαγός της πορείας

—Digo lo que quiero decir —respondió Alicia apresuradamente—

«Λέω αυτό που εννοώ», απάντησε βιαστικά η Αλίκη

"por lo menos quiero decir lo que digo"

«τουλάχιστον εννοώ αυτό που λέω»

"Es lo mismo, ¿sabes?"

«Αυτό είναι το ίδιο πράγμα, ξέρεις»

El lirón también contribuyó a la conversación

Ο Dormouse συνέβαλε επίσης στη συζήτηση

Pero el lirón parecía estar hablando en sueños

Αλλά η ραχιαία φαινόταν να μιλάει στον ύπνο της
"Respiro cuando duermo"
«Αναπνέω όταν κοιμάμαι»
"¡Duermo cuando respiro!"
«Κοιμάμαι όταν αναπνέω!»
"Bien podría decirse que también son lo mismo"
"Θα μπορούσατε κάλλιστα να πείτε ότι είναι το ίδιο επίσης"
-A ti te pasa lo mismo -dijo el sombrerero-
«Είναι το ίδιο πράγμα με σένα», είπε ο κατασκευαστής
καπέλων
Y echó un poco de té en la nariz del lirón
Και έριξε λίγο τσάι στη μύτη της ράχης
El Lirón sacudió la cabeza con impaciencia
Ο Dormouse κούνησε το κεφάλι του ανυπόμονα
Y volvió a hablar el Lirón, sin abrir los ojos
Και πάλι η ραχιαία μίλησε, χωρίς να ανοίξει τα μάτια της
"Por supuesto, por supuesto que es lo mismo"
«Φυσικά, φυσικά και είναι το ίδιο»
"eso es justo lo que iba a decir yo mismo"
«αυτό ακριβώς θα έλεγα ο ίδιος»

El sombrerero se volvió hacia Alicia y le hizo otra pregunta

Ο κατασκευαστής καπέλων γύρισε στην Αλίκη και έκανε μια άλλη ερώτηση

—¿Ya has adivinado el enigma?

"Έχετε μαντέψει ακόμα το αίνιγμα;"

—No, me rindo —concedió Alicia—

«Όχι, παραιτούμαι», παραδέχτηκε η Αλίκη

"¿Cuál es la respuesta?", quiso saber

«Ποια είναι η απάντηση;» ήθελε να μάθει

—No tengo la menor idea —dijo el sombrerero—

«Δεν έχω την παραμικρή ιδέα», είπε ο κατασκευαστής καπέλων

-Ni yo lo sé -dijo la liebre-

«Ούτε ξέρω», είπε ο λαγός της πορείας

Alicia dio un suspiro de cansancio

Η Αλίκη έβγαλε έναν κουρασμένο αναστεναγμό

"Hay mejores usos del tiempo que los enigmas sin respuestas"

«Υπάρχουν καλύτερες χρήσεις του χρόνου από τους γρίφους χωρίς απαντήσεις»

-¡Toma un poco más de té! -dijo la liebre a Alicia, muy seriamente-

«Πιες λίγο ακόμα τσάι», είπε ο λαγός στην Αλίκη, πολύ σοβαρά

Alicia se sintió bastante ofendida por la oferta

Η Αλίκη ήταν αρκετά προσβεβλημένη από την προσφορά

—Todavía no he tomado el té —respondió Alicia—

«Δεν έχω πιει ακόμα τσάι», απάντησε η Αλίκη

"por lo tanto, no puedo tomar más té"

"επομένως δεν μπορώ να πιω άλλο τσάι"

—Quieres decir que no puedes tomar menos té —dijo el sombrerero—

«Εννοείς ότι δεν μπορείς να έχεις λιγότερο τσάι», είπε ο κατασκευαστής καπέλων

"Es muy fácil llevarse más que nada"

"Είναι πολύ εύκολο να πάρεις περισσότερα από το τίποτα"

Al oír esto, Alicia se levantó y se marchó

Σε αυτό, η Αλίκη σηκώθηκε και έφυγε
El lirón se durmió al instante
Η ραχιαία αποκοιμήθηκε αμέσως
y ninguno de los otros hizo la menor atención de que ella se fuera
Και κανένας από τους άλλους δεν έδωσε την παραμικρή σημασία στο να φύγει
aunque miró hacia atrás una o dos veces
αν και κοίταξε πίσω μία ή δύο φορές
Intentaban meter el lirón en la tetera
Προσπαθούσαν να βάλουν τη ράχη στην τσαγιέρα
-De todos modos, ¡no volveré a ir allí! -dijo Alicia-
«Εν πάση περιπτώσει, δεν θα πάω ποτέ ξανά εκεί!» είπε η Αλίκη
Y ella caminó su camino a través del bosque
Και περπάτησε μέσα στο δάσος
"Esa fue la fiesta del té más estúpida a la que he ido en mi vida"
«Αυτό ήταν το πιο ηλίθιο πάρτι τσαγιού που έχω πάει ποτέ»
Justo cuando dijo esto, notó algo
Μόλις το είπε αυτό, παρατήρησε κάτι
Uno de los árboles tenía una puerta que daba directamente a él
Ένα από τα δέντρα είχε μια πόρτα που οδηγούσε ακριβώς μέσα σε αυτό
"¡Eso es muy interesante!", pensó
«Αυτό είναι πολύ ενδιαφέρον!» σκέφτηκε
"Creo que es mejor que pase por la puerta"
«Νομίζω ότι θα μπορούσα κάλλιστα να περάσω την πόρτα»
Y entró por la puerta
Και μέσα από την πόρτα πήγε
Una vez más se encontró en el largo pasillo
Για άλλη μια φορά βρέθηκε στη μεγάλη αίθουσα
De nuevo estaba cerca de la mesita de cristal
Και πάλι ήταν κοντά στο μικρό γυάλινο τραπέζι

Ella tomó la pequeña llave de oro
Πήρε το μικρό χρυσό κλειδί
Y abrió la puerta que daba al jardín
Και ξεκλείδωσε την πόρτα που οδηγούσε στον κήπο
Luego se puso manos a la obra mordisqueando el hongo
Στη συνέχεια, άρχισε να εργάζεται τσιμπολογώντας το
μανιτάρι
Había guardado un trozo de la seta en el bolsillo
Είχε κρατήσει ένα κομμάτι από το μανιτάρι στην τσέπη της
Y, por último, medía alrededor de un metro de altura
Και τελικά ήταν περίπου ένα μέτρο ψηλό
Luego caminó por el pequeño pasillo
Στη συνέχεια περπάτησε στο μικρό διάδρομο
Y entonces finalmente se encontró en el hermoso jardín
Και τελικά βρέθηκε στον όμορφο κήπο
y ella estaba entre la flor brillante y las fuentes frescas
Και ήταν ανάμεσα στο φωτεινό λουλούδι και τις δροσερές
βρύσες

El campo de croquet de la reina

Το κροκέ έδαφος της βασίλισσας

Un gran rosal se alzaba cerca de la entrada del jardín

Μια μεγάλη τριανταφυλλιά βρισκόταν κοντά στην είσοδο του κήπου

Las rosas que crecían en el árbol eran blancas

Τα τριαντάφυλλα που φύτρωναν στο δέντρο ήταν λευκά

Pero había tres jardineros pintando la rosa

Αλλά υπήρχαν τρεις κηπουροί που ζωγράφιζαν το τριαντάφυλλο

Estaban ocupados pintando las rosas de rojo

Έβαφαν με ζήλο τα τριαντάφυλλα κόκκινα

y Alicia los miraba pintar las rosas de rojo

και η Αλίκη τους έβλεπε να βάφουν τα τριαντάφυλλα κόκκινα

y de repente sus ojos se posaron por casualidad en Alicia

και ξαφνικά τα μάτια τους έτυχε να πέσουν πάνω στην Αλίκη

Alicia habló un poco tímidamente

Η Αλίκη μίλησε λίγο δειλά

—¿Podría decírmelo, por favor?

"Θα μου πείτε, παρακαλώ;"

"¿Por qué están pintando todas esas rosas?"

«Γιατί ζωγραφίζετε όλοι αυτά τα τριαντάφυλλα;»

Cinco y siete no dijeron nada, pero miraron a dos

Πέντε και επτά δεν είπαν τίποτα, αλλά κοίταξαν δύο

Dos hablaron, en voz baja

Δύο μίλησαν, με χαμηλή φωνή

"Vaya, el hecho es que ya lo ve, señora"

"Γιατί, το γεγονός είναι, βλέπετε, κυρία"

"Esto de aquí debería haber sido un rosal rojo"

"Αυτό εδώ θα έπρεπε να ήταν μια κόκκινη τριανταφυλλιά"

"Y pusimos un rosal blanco por error"

"Και βάλαμε μια λευκή τριανταφυλλιά κατά λάθος"

"Como estarás de acuerdo, la Reina no debe enterarse"

«Όπως θα συμφωνούσατε, η βασίλισσα δεν πρέπει να το μάθει»

"De lo contrario, nos cortarían la cabeza a todos"
«Αλλιώς θα μας έκοβαν όλοι τα κεφάλια»
"Así que ya ve, señora, estamos haciendo lo mejor que podemos"
«Βλέπετε, κυρία, κάνουμε ό,τι καλύτερο μπορούμε»
La Carta Cinco había estado mirando ansiosamente a través del jardín
Η κάρτα πέντε κοιτούσε με αγωνία στον κήπο
En ese momento, la carta cinco gritó: "¡La reina! ¡La reina!"
Εκείνη τη στιγμή η κάρτα πέντε φώναξε: «Η βασίλισσα! Η βασίλισσα!»
Y los tres jardineros se escabulleron al instante
Και οι τρεις κηπουροί έτρεξαν αμέσως μακριά
Y se arrojaron de bruces
Και ρίχτηκαν στα πρόσωπά τους
Se oyó el sonido de muchos pasos
Ακούστηκε ένας ήχος πολλών βημάτων
Alicia miró a su alrededor, ansiosa por ver a la reina
Η Αλίκη κοίταξε γύρω της, ανυπομονώντας να δει τη βασίλισσα
Al comienzo de la procesión había diez soldados
Στην αρχή της πομπής ήταν δέκα στρατιώτες
Sus manos y pies estaban en las esquinas
Τα χέρια και τα πόδια τους ήταν στις γωνίες
y en sus manos y pies había garrotes
και στα χέρια και στα πόδια τους ήταν ρόπαλα
Luego vinieron los diez cortesanos
Ακολούθησαν οι δέκα αυλικοί
Los cortesanos estaban adornados con diamantes
Οι αυλικοί ήταν στολισμένοι παντού με διαμάντια
Después de los cortesanos venían los hijos reales
Μετά τους αυλικούς ήρθαν τα βασιλικά παιδιά
Eran diez los hijos de la realeza
Υπήρχαν δέκα από τα βασιλικά παιδιά
y todos los niños reales estaban adornados con corazones
Και όλα τα βασιλικά παιδιά ήταν στολισμένα με καρδιές
Luego vinieron los invitados; en su mayoría reyes y reinas

Στη συνέχεια ήρθαν οι καλεσμένοι. κυρίως βασιλιάδες και βασίλισσες

y entre los reyes y la reina, Alicia vio a alguien

και ανάμεσα στους βασιλιάδες και τη βασίλισσα Αλίκη είδε κάποιον

Volvió a ver al conejo blanco que había perseguido

Είδε ξανά το λευκό κουνέλι που είχε κυνηγήσει

La procesión fue seguida por la sota de los corazones

Την πομπή ακολούθησε το μαχαίρι της καρδιάς

Llevaba la corona del rey

Κουβαλούσε το στέμμα του βασιλιά

y la corona del rey estaba sobre un cojín de terciopelo carmesí

Και το στέμμα του βασιλιά ήταν σε ένα πορφυρό βελούδινο μαξιλάρι

Y entonces llegó el final de esta gran procesión

Και τότε ήρθε το τέλος αυτής της μεγάλης πομπής

Y allí, al final, estaban el Rey y la Reina de Corazones

Και εκεί στο τέλος ήταν ο βασιλιάς και η βασίλισσα των καρδιών

la procesión venía frente a Alicia

η πομπή ήρθε απέναντι από την Αλίκη

Y todos se detuvieron y la miraron

Και όλοι σταμάτησαν και την κοίταξαν

Y la reina dijo severamente: "¿Quién es éste?"

Και η βασίλισσα είπε αυστηρά: «Ποιος είναι αυτός;»

Se lo dijo a la Sota de Corazones

Το είπε στο Knave of Hearts

Pero él se limitó a hacer una reverencia y a sonreír en respuesta

Αλλά απλώς έσκυψε και χαμογέλασε ως απάντηση

Alicia habló muy cortésmente

Η Αλίκη μίλησε πολύ ευγενικά

"Mi nombre es Alicia, así que por favor, su majestad"

«Το όνομά μου είναι Αλίκη, γι' αυτό παρακαλώ μεγαλειότατε»

Pero ella tenía otros pensamientos para sí misma

Αλλά είχε άλλες σκέψεις για τον εαυτό της
"¡Después de todo, son solo un mazo de cartas!"
«Είναι μόνο ένα πακέτο χαρτιά, τελικά!»
"¿Sabes jugar al croquet?", gritó la reina
«Μπορείς να παίξεις κροκέ;» φώναξε η βασίλισσα
Era evidente que la pregunta iba dirigida a Alicia
Η ερώτηση προφανώς προοριζόταν για την Αλίκη
-¡Sí! -dijo Alicia en voz alta-
«Ναι!» είπε δυνατά η Αλίκη
—¡Ven a jugar! —rugió la reina—
«Έλα να παίξεις τότε!» φώναξε η βασίλισσα
una voz tímida le habló a Alicia
μια δειλή φωνή μίλησε στην Αλίκη
"¡Es un día muy hermoso!"
"Είναι μια πολύ ωραία μέρα!"
Caminaba junto al conejo blanco
Περπατούσε δίπλα στο λευκό κουνέλι
y el Conejo Blanco la miraba ansiosamente a la cara
και το Λευκό Κουνέλι κρυφοκοίταζε ανήσυχο στο πρόσωπό
της
—Un día muy bueno —confirmó Alicia—
«μια πολύ ωραία μέρα πράγματι», επιβεβαίωσε η Αλίκη
—¿Dónde está la duquesa?
«Πού είναι η δούκισσα;»
"¡Silencio! ¡Silencio!", dijo el Conejo
«Σώπα! Σώπα!» είπε το κουνέλι
"Está condenada a muerte"
«Είναι καταδικασμένη σε εκτέλεση»
—¿Por qué la ejecutan? —preguntó Alicia
«Για ποιο λόγο εκτελείται;» ρώτησε η Αλίκη
**—Le ha rayado las orejas a la reina —empezó a decir el
conejo—**
«Έσκισε τα αυτιά της βασίλισσας», άρχισε το κουνέλι
—gritó la Reina con voz de trueno—
Η βασίλισσα φώναξε με φωνή βροντής
"¡Vayan a sus lugares!"
"Πηγαίνετε στα μέρη σας!"

Y la gente empezó a correr en todas direcciones

Και οι άνθρωποι άρχισαν να τρέχουν προς όλες τις κατευθύνσεις

y todos tropezaron unos con otros

Και όλοι έπεσαν ο ένας πάνω στον άλλο

Sin embargo, se calmaron en uno o dos minutos

Ωστόσο, τακτοποιήθηκαν σε ένα ή δύο λεπτά

Y entonces comenzó el juego

Και τότε άρχισε το παιχνίδι

Alicia nunca había visto un campo de croquet tan curioso

Η Αλίκη δεν είχε δει ποτέ ένα τόσο περίεργο έδαφος κροκέ

La hierba era todo crestas y surcos

Το γρασίδι ήταν όλο κορυφογραμμές και αυλάκια

Las bolas de croquet eran erizos de verdad

Οι μπάλες κροκέ ήταν πραγματικοί σκαντζόχοιροι

y los mazos eran flamencos de verdad

Και τα σφυρί ήταν πραγματικά φλαμίνγκο

Y los soldados se pusieron de pie sobre sus manos y sus pies

Και οι στρατιώτες στάθηκαν στα χέρια και τα πόδια τους

porque los arcos estaban hechos de sus cuerpos

επειδή οι καμάρες ήταν φτιαγμένες από τα σώματά τους

Todos los jugadores jugaron a la vez

Όλοι οι παίκτες έπαιξαν ταυτόχρονα

Nadie esperó su turno

Κανείς δεν περίμενε τη σειρά του

y todos se peleaban con todos

Και όλοι τσακώνονταν με όλους

y todos luchaban por los erizos

και όλοι πολεμούσαν για τους σκαντζόχοιρους

Pronto la reina se vio presa de una furiosa pasión

Σύντομα η βασίλισσα ήταν σε ένα μανιασμένο πάθος

Y empezó a patalear y a gritar

Και άρχισε να χτυπάει και να φωνάζει

"¡Córtale la cabeza!"

«Κόψε το κεφάλι του!»

"¡Córtale la cabeza!"

«Κόψε το κεφάλι της!»

"¡Córtale la cabeza a todos!"
«Κόψτε όλα τα κεφάλια τους!»
De nuevo Alicia pensó para sí misma
Και πάλι η Αλίκη σκέφτηκε τον εαυτό της
"Son terriblemente aficionados a decapitar a la gente aquí"
«Τους αρέσει τρομερά να αποκεφαλίζουν ανθρώπους εδώ»
"¡La gran maravilla es que quede alguien vivo!"
«Το μεγάλο θαύμα είναι ότι υπάρχει κάποιος που έχει μείνει ζωντανός!»
Buscaba alguna vía de escape
Έψαχνε για κάποιο τρόπο διαφυγής
Notó una curiosa apariencia en el aire
Παρατήρησε μια περίεργη εμφάνιση στον αέρα
«Es el gato de Cheshire», se dijo a sí misma
«Είναι η γάτα Cheshire», είπε στον εαυτό της
"Ahora tendré a alguien con quien hablar"
«Τώρα θα έχω κάποιον να μιλήσω»
—¿Cómo te va? —preguntó el gato
«Πώς τα πας;» είπε η γάτα
—No creo que jueguen nada limpio —dijo Alicia—
«Δεν νομίζω ότι παίζουν καθόλου δίκαια», είπε η Alice
Y tenía un tono bastante quejumbroso
Και είχε έναν μάλλον παραπονεμένο τόνο
"Todos se pelean tan terriblemente"
«Όλοι τσακώνονται τόσο φοβερά»
"Uno no se oye hablar"
«Δεν μπορεί κανείς να ακούσει τον εαυτό του να μιλάει»
"Y no parecen jugar con ninguna regla"
«Και δεν φαίνεται να παίζουν με κανέναν κανόνα»
el gato le hizo una pregunta a Alicia en voz baja
η γάτα έκανε μια ερώτηση στην Αλίκη με χαμηλή φωνή
—¿Qué te parece la reina?
«Πώς σου αρέσει η βασίλισσα;»
—No me gusta nada —dijo Alicia—
«Δεν μου αρέσει καθόλου», είπε η Αλίκη

Alicia pensó que sería mejor que volviera

Η Αλίκη σκέφτηκε ότι θα μπορούσε κάλλιστα να γυρίσει πίσω

Quería ver cómo iba el partido

Ήθελε να δει πώς πήγαινε το παιχνίδι

Se fue en busca de su erizo

Έφυγε αναζητώντας τον σκαντζόχοιρό της

El erizo estaba ocupado luchando contra otro erizo

Ο σκαντζόχοιρος ήταν απασχολημένος με την καταπολέμηση ενός άλλου σκαντζόχοιρου

Esta fue una excelente oportunidad

Αυτή ήταν μια εξαιρετική ευκαιρία

Podía hacer croquet a un erizo con el otro

Θα μπορούσε να κροκέ έναν σκαντζόχοιρο με τον άλλο

Pero su flamenco estaba al otro lado del jardín

Αλλά το φλαμίνγκο της ήταν στην άλλη πλευρά του κήπου

El flamenco era bastante torpe

Το φλαμίνγκο ήταν μάλλον αδέξια

Su flamenco intentaba volar hacia un árbol

Το φλαμίνγκο της προσπαθούσε να πετάξει πάνω σε ένα δέντρο

Atrapó al flamenco por la pierna

Έπιασε το φλαμίνγκο από το πόδι

Y guardó el flamenco bajo el brazo

Και έβαλε το φλαμίνγκο κάτω από το μπράτσο της

De esa manera, el flamenco no pudo escapar de nuevo

Με αυτόν τον τρόπο το φλαμίνγκο δεν μπορούσε να δραπετεύσει ξανά

Justo en ese momento Alicia se encontró con la duquesa

Ακριβώς τότε η Αλίκη έτυχε να συναντήσει τη δούκισσα

La duquesa ya había salido de la cárcel

Η δούκισσα ήταν τώρα έξω από τη φυλακή

Metió cariñosamente su brazo bajo el brazo de Alicia

Έβαλε το χέρι της στοργικά κάτω από το μπράτσο της Αλίκης

Y luego se fueron juntos

και μετά έφυγαν μαζί

Alicia se alegró mucho de encontrarla de tan buen humor

Η Αλίκη ήταν πολύ χαρούμενη που την βρήκε σε μια τόσο ευχάριστη ιδιοσυγκρασία

Sin embargo, estaba un poco asustada

Ωστόσο, ξαφνιάστηκε λίγο

Oyó la voz de la duquesa cerca de su oído

Άκουσε τη φωνή της δούκισσας κοντά στο αυτί της

"Estás pensando en algo, querida"

«Σκέφτεσαι κάτι, αγαπητέ μου»

"Y eso hace que te olvides de hablar"

«Και αυτό σε κάνει να ξεχνάς να μιλήσεις»

—El juego va bastante mejor ahora —dijo Alicia—

«Το παιχνίδι πηγαίνει μάλλον καλύτερα τώρα», είπε η Alice

Era una forma de mantener la conversación

Ήταν ένας τρόπος να συνεχιστεί η συζήτηση

-Así es -dijo la duquesa-

«Είναι πράγματι έτσι», είπε η δούκισσα

"Y la moraleja de eso es esta:"

"Και το ηθικό δίδαγμα αυτού είναι αυτό:"

"¡Es el amor el que lo hace todo!"

«Είναι η αγάπη που τα κάνει όλα!»

"El amor es lo que hace que el mundo gire"

"Η αγάπη είναι αυτό που κάνει τον κόσμο να γυρίζει"

Alicia tenía otra explicación

Η Αλίκη είχε μια άλλη εξήγηση
"¡Lo hace todo el mundo ocupándose de sus propios asuntos!"
"Γίνεται από τον καθένα που νοιάζεται για τη δουλειά του!"
—¡Ah, bueno! Podrías tener razón"
«Α, καλά! Θα μπορούσες να έχεις δίκιο»
-Todo significa lo mismo -dijo la duquesa-
«Όλα σημαίνουν περίπου το ίδιο πράγμα», είπε η δούκισσα
y hundió su afilada barbilla en el hombro de Alicia
και έσκαψε το κοφτερό πηγούνι της στον ώμο της Αλίκης
"Y la moraleja de eso es esta"
«Και το ηθικό δίδαγμα αυτού είναι αυτό»
"Cuida el sentido"
"Φροντίστε την αίσθηση"
"Y entonces los sonidos se encargarán de sí mismos"
"και τότε οι ήχοι θα φροντίσουν τον εαυτό τους"
Pero entonces el brazo de la duquesa empezó a temblar
Αλλά τότε το χέρι της δούκισσας άρχισε να τρέμει
Alicia alzó la vista y allí estaba la reina
Η Αλίκη κοίταξε ψηλά και εκεί στεκόταν η βασίλισσα
La reina tenía los brazos cruzados
Η βασίλισσα είχε τα χέρια της διπλωμένα
¡Y ella fruncía el ceño como una tormenta eléctrica!
Και συνοφρυωνόταν σαν καταιγίδα!
—Te advierto —gritó la reina—
«Σας δίνω δίκαιη προειδοποίηση», φώναξε η βασίλισσα
Y pisoteó el suelo mientras hablaba
Και έπεσε στο έδαφος καθώς μιλούσε
"O tu cabeza o la suya deben estar cortadas"
"Είτε το κεφάλι σου είτε το κεφάλι της πρέπει να είναι σβηστό"
"¡Toma tu decisión!"
"Πάρτε την επιλογή σας!"
"Y ser rápido al respecto"
"Και να είστε γρήγοροι γι 'αυτό"
La duquesa hizo su elección
Η δούκισσα έκανε την επιλογή της

Y al cabo de un instante la duquesa se fue

Και μέσα σε μια στιγμή η δούκισσα είχε φύγει

Entonces la reina le habló a Alicia

Τότε η βασίλισσα μίλησε στην Αλίκη

"Sigamos con el juego"

«Πάμε με το παιχνίδι»

Alicia estaba demasiado asustada para decir una palabra

Η Αλίκη ήταν πολύ φοβισμένη για να πει μια λέξη

Y la siguió lentamente hasta el campo de croquet

Και σιγά-σιγά την ακολούθησε πίσω στο κροκέ έδαφος

Todo el tiempo la Reina se peleó con los otros jugadores

Όλη την ώρα η βασίλισσα τσακωνόταν με τους άλλους παίκτες

"¡Córtale la cabeza!"

«Κόψε το κεφάλι του!»

"¡Córtale la cabeza!"

«Κόψε το κεφάλι της!»

"¡Córtale la cabeza a todos!"

«Κόψτε όλα τα κεφάλια τους!»

Pronto todos los jugadores estaban bajo custodia

Σύντομα όλοι οι παίκτες τέθηκαν υπό κράτηση

solo quedaron el rey, la reina y Alicia

Μόνο ο βασιλιάς, η βασίλισσα και η Αλίκη παρέμειναν

Entonces la reina se marchó, casi sin aliento

Τότε η βασίλισσα έφυγε, με κομμένη την ανάσα

y se fue con Alicia

και έφυγε με την Αλίκη

Alicia oyó que el rey decía algo en voz baja

Η Αλίκη άκουσε τον βασιλιά να λέει κάτι ήσυχα

"Estáis todos perdonados"

«Σας συγχωρούν όλοι»

Pero de repente se oyó otro grito

Αλλά ξαφνικά ακούστηκε μια άλλη κραυγή

"¡El juicio está comenzando!"

«Η δίκη αρχίζει!»

y Alicia corrió con los demás

και η Αλίκη έτρεξε μαζί με τους άλλους

¿Quién robó las tartas?

Ποιος έκλεψε τις τάρτες;

El rey y la reina de corazones estaban sentados

Ο βασιλιάς και η βασίλισσα των καρδιών κάθονταν

estaban en su trono cuando llegó Alicia

ήταν στο θρόνο τους όταν έφτασε η Αλίκη

Había una gran multitud reunida a su alrededor

Υπήρχε ένα μεγάλο πλήθος συγκεντρωμένο γύρω τους

Había todo tipo de pajaritos y bestias

Υπήρχαν όλα τα είδη μικρών πουλιών και θηρίων

Y allí estaba toda la baraja de cartas

και υπήρχε ολόκληρο το πακέτο των καρτών

La sota estaba de pie frente a ellos, encadenada

Το μαχαίρι στεκόταν μπροστά τους, αλυσοδεμένο

y había un soldado a cada lado para custodiarlo

Και υπήρχε ένας στρατιώτης σε κάθε πλευρά για να τον φυλάει

cerca del Rey estaba el conejo blanco

κοντά στον βασιλιά ήταν το λευκό κουνέλι

Tenía una trompeta en una mano

Είχε μια τρομπέτα στο ένα χέρι

y tenía un rollo de pergamino en la otra mano

Και είχε έναν κύλινδρο περγαμηνής στο άλλο χέρι

En el centro del patio había una mesa

Στη μέση του γηπέδου υπήρχε ένα τραπέζι

Sobre la mesa había un gran plato de tartas

Στο τραπέζι υπήρχε ένα μεγάλο πιάτο τάρτες

«Ojalá hicieran el juicio», pensó Alicia

«Μακάρι να γινόταν η δίκη», σκέφτηκε η Αλίκη

—¡Entonces podríamos comer algunos de esos refrescos!

«Τότε θα μπορούσαμε να φάμε μερικά από αυτά τα αναψυκτικά!»

El juez, por cierto, era el rey

Ο δικαστής, παρεμπιπτόντως, ήταν ο βασιλιάς

y llevaba su corona sobre su gran peluca

Και φόρεσε το στέμμα του πάνω από τη μεγάλη περούκα του

«Ésa es la tribuna del jurado», pensó Alicia

«Αυτή είναι η κριτική επιτροπή», σκέφτηκε η Αλίκη

"Y esas doce criaturas, supongo que son los miembros del jurado"

«Και αυτά τα δώδεκα πλάσματα, υποθέτω ότι είναι οι ένορκοι»

algunos eran animales y otros eran pájaros

Μερικά ήταν ζώα και μερικά ήταν πουλιά

En ese momento el conejo blanco gritó

Ακριβώς τότε το λευκό κουνέλι φώναξε

"¡Silencio en la corte!"

«Σιωπή στο δικαστήριο!»

"¡Heraldo, lee la acusación!", dijo el rey

«Κήρυκα, διάβασε την κατηγορία!» είπε ο βασιλιάς

El Conejo Blanco tocó tres veces la trompeta

Το λευκό κουνέλι φύσηξε τρεις εκρήξεις στην τρομπέτα
Luego desenrolló el rollo de pergamino
Στη συνέχεια ξετύλιξε την περγαμηνή-κύλινδρο
Y leyó lo siguiente:
και διάβασε τα εξής:
"La reina de corazones, hizo unas tartas"
«Η βασίλισσα των καρδιών, έφτιαξε μερικές τάρτες»
"Todo esto lo hizo en un día de verano"
«Όλα αυτά τα έκανε μια καλοκαιρινή μέρα»
"La sota de los corazones, robó esas tartas"
«Το μαχαίρι της καρδιάς, έκλεψε αυτές τις τάρτες»
—¡Y se llevó esas tartas muy lejos!
«Και πήρε αυτές τις τάρτες μακριά!»
—Llama al primer testigo —dijo el rey—
«Κάλεσε τον πρώτο μάρτυρα», είπε ο βασιλιάς
y el conejo blanco tocó tres veces la trompeta
Και το λευκό κουνέλι φύσηξε τρεις εκρήξεις στη σάλπιγγα
"¡Traigan al primer testigo!", gritó
«Φέρτε τον πρώτο μάρτυρα!» φώναξε
El primer testigo fue el sombrerero
Ο πρώτος μάρτυρας ήταν ο κατασκευαστής καπέλων
Entró con una taza de té en una mano
Ήρθε με ένα φλιτζάνι τσαγιού στο ένα χέρι
Y tenía un pedazo de pan con mantequilla en la otra mano
Και είχε ένα κομμάτι ψωμί και βούτυρο στο άλλο χέρι
—Tendrías que haber terminado —dijo el rey—
«Έπρεπε να τελειώσεις», είπε ο βασιλιάς
—¿Cuándo empezaste?
«Πότε ξεκίνησες;»
El sombrerero miró a la liebre de marcha
Ο κατασκευαστής καπέλων κοίταξε τον λαγό της πορείας
La Liebre de Marzo lo había seguido hasta el patio
Ο Λαγός του Μαρτίου τον είχε ακολουθήσει στην αυλή
Había caminado del brazo del lirón
Είχε περπατήσει χέρι-χέρι με τη ραχιαία
—El catorce de marzo, creo que fue —dijo—
«Δεκατέσσερις Μαρτίου, νομίζω ότι ήταν», είπε

—Da tu testimonio —dijo el rey—

«Δώσε τις αποδείξεις σου», είπε ο βασιλιάς

"Y no te pongas nervioso, o te haré ejecutar en el acto"

"και μην είσαι νευρικός, αλλιώς θα σε εκτελέσω επί τόπου"

Esto no pareció animar en absoluto al testigo

Αυτό δεν φάνηκε να ενθαρρύνει καθόλου τον μάρτυρα

Seguía moviéndose de un pie al otro

Συνέχισε να μετατοπίζεται από το ένα πόδι στο άλλο

Y miró inquieto a la reina

Και κοίταξε αμήχανα τη βασίλισσα

Y, en su confusión, mordió un gran trozo de su taza de té

Και, μέσα στη σύγχυσή του, δάγκωσε ένα μεγάλο κομμάτι
από το φλυτζάνι του τσαγιού του

En realidad, tenía la intención de morder de su pan y
mantequilla

Πραγματικά ήθελε να δαγκώσει από το ψωμί και το
βούτυρο του

Justo en ese momento, Alicia sintió una sensación muy
curiosa

Ακριβώς εκείνη τη στιγμή η Αλίκη ένιωσε μια πολύ
περίεργη αίσθηση

Empezaba a crecer de nuevo

Είχε αρχίσει να μεγαλώνει και πάλι

Al miserable sombrerero se le cayó la taza de té

Ο δυστυχισμένος κατασκευαστής καπέλων έριξε το
φλιτζάνι τσαγιού του

y el pan y la mantequilla cayeron al suelo

και το ψωμί και το βούτυρο έπεσαν στο έδαφος

Y cayó sobre una rodilla

και έπεσε στο ένα γόνατο

—Soy un pobre hombre, majestad —comenzó—

«Είμαι ένας φτωχός άνθρωπος, μεγαλειότατε», άρχισε

—Eres un orador muy malo —dijo el rey—

«Είσαι πολύ κακός ομιλητής», είπε ο βασιλιάς

—Puedes irte —dijo el rey—

«Μπορείς να πας», είπε ο βασιλιάς

Y el sombrerero abandonó apresuradamente el patio

Και ο κατασκευαστής καπέλων έφυγε βιαστικά από το γήπεδο

—¡Llama al próximo testigo! —dijo el rey—

«Καλέστε τον επόμενο μάρτυρα!» είπε ο βασιλιάς

El siguiente testigo fue el cocinero de la duquesa

Ο επόμενος μάρτυρας ήταν ο μάγειρας της δούκισσας

Llevaba la caja de pimienta en la mano

Κρατούσε το κουτί με το πιπέρι στο χέρι της

Y la gente que estaba cerca de la puerta empezó a estornudar de repente

Και οι άνθρωποι κοντά στην πόρτα άρχισαν να φτερνίζονται μονομιάς

—Da tu testimonio —dijo el rey—

«Δώσε τις αποδείξεις σου», είπε ο βασιλιάς

-No daré ninguna prueba -dijo el cocinero-

«Δεν θα δώσω αποδείξεις», είπε ο μάγειρας

El rey miró ansiosamente al conejo blanco

Ο βασιλιάς κοίταξε με αγωνία το λευκό κουνέλι

Y el conejo blanco habló en voz baja

Και το λευκό κουνέλι μίλησε με ήρεμη φωνή

"Su Majestad debe interrogar a este testigo"

«Η Μεγαλειότητά σας πρέπει να εξετάσει κατ' αντιπαράσταση αυτόν τον μάρτυρα»

"Bueno, si debo, debo", dijo el rey

«Λοιπόν, αν πρέπει, πρέπει», είπε ο βασιλιάς

"¿De qué están hechas las tartas?"

"Από τι είναι φτιαγμένες οι τάρτες;"

—Las tartas están hechas de pimienta, en su mayoría —dijo el cocinero—

«Οι τάρτες φτιάχνονται κυρίως από πιπέρι», είπε ο μάγειρας

Durante algunos minutos, toda la corte estuvo en confusión

Για μερικά λεπτά ολόκληρο το δικαστήριο ήταν σε σύγχυση

Con el tiempo, todos se calmaron de nuevo

Τελικά όλοι τακτοποιήθηκαν ξανά

Pero para entonces el cocinero había desaparecido

Αλλά μέχρι τότε ο μάγειρας είχε εξαφανιστεί

"¡No importa!", dijo el rey
«Μην ανησυχείτε!» είπε ο βασιλιάς
"Llamar al estrado al próximo testigo"
«Καλέστε στο εδώλιο τον επόμενο μάρτυρα»
Alicia observó al conejo blanco mientras él repasaba a tientas la lista
Η Αλίκη παρακολουθούσε το λευκό κουνέλι καθώς έψαχνε τη λίστα
Puedes imaginar su sorpresa por lo que escuchó a continuación
Μπορείτε να φανταστείτε την έκπληξή της σε αυτό που άκουσε στη συνέχεια
con su vocecita estridente, llamó el nombre de «¡Alicia!»
στην κορυφή της διαπεραστικής μικρής φωνής του, φώναξε το όνομα "Αλίκη!"

La evidencia de Alicia

Τα στοιχεία της Αλίκης

-¡Aquí! -exclamó Alicia-

«Εδώ!» φώναξε η Αλίκη

Se levantó de un salto a toda prisa

Πήδηξε πάνω σε μια μεγάλη βιασύνη

Y volcó el estrado del jurado

Και έγειρε πάνω από την κριτική επιτροπή

y derribó a todos los miembros del jurado

Και χτύπησε όλους τους ενόρκους

y cayeron sobre las cabezas de la muchedumbre de abajo

Και έπεσαν πάνω στα κεφάλια του πλήθους από κάτω.

Alicia estaba muy consternada

Η Αλίκη ήταν σε μεγάλη απογοήτευση

"¡Oh, le ruego que me perdone!", exclamó

«Ω, ζητώ συγνώμη!» αναφώνησε

—El juicio no puede continuar —dijo el rey—

«Η δίκη δεν μπορεί να προχωρήσει», είπε ο βασιλιάς

"Los miembros del jurado deben volver a ocupar su lugar"

«Οι ένορκοι πρέπει να επιστρέψουν στις σωστές τους θέσεις»

Repitió la orden con gran énfasis

Επανέλαβε τη διαταγή με μεγάλη έμφαση

y miró a Alicia con severidad

και κοίταξε την Αλίκη αυστηρά

—¿Qué sabe usted de estos acontecimientos? —preguntó el rey a Alicia

«Τι ξέρεις γι' αυτά τα γεγονότα;» ρώτησε ο βασιλιάς την Αλίκη

—No sé nada sobre el tema —dijo Alicia—

«Δεν ξέρω τίποτα για το θέμα», είπε η Αλίκη

Entonces el rey leyó de su libro

Ο βασιλιάς τότε διάβασε από το βιβλίο του

"Regla cuarenta y dos"

"Κανόνας σαράντα δύο"

"Todas las personas que tengan más de una milla de altura deben abandonar el tribunal"

«Όλα τα άτομα που έχουν ύψος πάνω από ένα μίλι πρέπει
να φύγουν από το δικαστήριο»
—No mido ni una milla de altura —dijo Alicia—
«Δεν είμαι ούτε ένα μίλι ψηλά», είπε η Αλίκη
—Casi dos millas de altura —dijo la Reina—
«Σχεδόν δύο μίλια ύψος», είπε η βασίλισσα

—Bueno, me niego a ir —dijo Alicia—
«Λοιπόν, αρνούμαι να πάω», είπε η Αλίκη
El rey palideció
Ο βασιλιάς έγινε χλωμός
Y cerró apresuradamente su cuaderno de notas
Και έκλεισε βιαστικά το σημειωματάριό του
"Consideren su veredicto", le dijo al jurado
«Σκεφτείτε την ετυμηγορία σας», είπε στους ενόρκους
Habló en voz baja y temblorosa
Μίλησε με χαμηλή, τρεμάμενη φωνή
Entonces habló el conejo blanco
Τότε μίλησε το λευκό κουνέλι

"Todavía hay más pruebas por venir"
«Υπάρχουν περισσότερα στοιχεία να έρθουν ακόμα»
Y se levantó de un salto a toda prisa
Και πήδηξε πάνω σε μια μεγάλη βιασύνη
"Este papel acaba de ser recogido"
"Αυτό το χαρτί μόλις παραλήφθηκε"
"Parece ser una carta escrita por el prisionero"
«Φαίνεται να είναι ένα γράμμα γραμμένο από τον κρατούμενο»
Desdobló el papel mientras hablaba
Ξεδίπλωσε το χαρτί καθώς μιλούσε
"Al fin y al cabo, no es una carta"
«Δεν είναι γράμμα, τελικά»
"Lo que era era un conjunto de versos"
«Αυτό που ήταν ήταν ένα σύνολο στίχων»
—Por favor, majestad —dijo el bribón—
«Παρακαλώ, μεγαλειότατε», είπε ο μαχητής
"Yo no escribí esos versos"
«Δεν έγραψα εγώ αυτούς τους στίχους»
"y no pueden probar que yo escribí nada"
«και δεν μπορούν να αποδείξουν ότι έγραψα τίποτα»
"No hay ningún nombre firmado al final"
"Δεν υπάρχει όνομα υπογεγραμμένο στο τέλος"
El rey le habló a la sota
Ο βασιλιάς μίλησε στον Knave
"Debes haber tenido la intención de causar algún daño"
«Πρέπει να ήθελες να προκαλέσεις κάποια αταξία»
"De lo contrario, habrías firmado con tu nombre como un hombre honrado"
«Αλλιώς θα είχες υπογράψει το όνομά σου σαν τίμιος άνθρωπος»
Hubo un aplauso general
Υπήρξε ένα γενικό χτύπημα των χεριών
Y el rey se volvió hacia el conejo blanco
Και ο βασιλιάς στράφηκε στο λευκό κουνέλι
—Lee los versos —ordenó—
«Διαβάστε τους στίχους», διέταξε

Hubo un silencio sepulcral en la corte

Επικρατούσε νεκρική σιγή στο δικαστήριο

Y el conejo blanco leyó los versos

Και το λευκό κουνέλι διάβασε τους στίχους

Me dijeron que habías estado con ella

Μου είπαν ότι είχες πάει σε αυτήν

Y me mencionaron a él

Και του ανέφεραν

Ella me dio un buen carácter

Μου έδωσε έναν καλό χαρακτήρα

Pero ella dijo que yo no sabía nadar

Αλλά είπε ότι δεν μπορούσα να κολυμπήσω

Les mandó decir que yo no había ido

Τους έστειλε μήνυμα ότι δεν είχα πάει

Sabemos que es verdad

Γνωρίζουμε ότι είναι αλήθεια

Si ella insistiera en el asunto, ¿qué sería de ti?

Αν έπρεπε να προωθήσει το θέμα, τι θα γινόταν με εσάς;

Yo le di uno, ellos le dieron dos

Της έδωσα ένα, του έδωσαν δύο

Nos diste tres o más

Μας δώσατε τρία ή περισσότερα

Todos volvieron de él a ti

Όλοι επέστρεψαν από αυτόν σε σένα

aunque antes eran míos

αν και ήταν δικά μου πριν

Si yo o ella tuviéramos la oportunidad de serlo

Αν τύχει να είμαι

Si yo o ella estuviéramos involucrados en este asunto

Αν εγώ ή αυτή συμμετείχα σε αυτή την υπόθεση

Él confía en ti para liberarlos

Σας εμπιστεύεται να τους ελευθερώσετε

Exactamente como estábamos

Ακριβώς όπως ήμασταν

Mi idea era que tú habías sido

Η αντίληψή μου ήταν ότι ήσουν

Antes de que ella tuviera este ataque

Πριν είχε αυτό το fit
Un obstáculo que se interpuso entre
Ένα εμπόδιο που μπήκε ανάμεσα
A Él, y a nosotros mismos, y a
Εκείνος, και εμείς οι ίδιοι, και αυτό
No le dejes saber que a ella le gustaban más
Μην τον αφήσετε να καταλάβει ότι της άρεσαν
περισσότερο
Porque esto debe ser para siempre un secreto, guardado de todos los demás
Γιατί αυτό πρέπει να είναι για πάντα μυστικό, κρυμμένο από όλα τα υπόλοιπα
Este secreto debe seguir siendo un secreto entre tú y yo
Αυτό το μυστικό πρέπει να παραμείνει μυστικό ανάμεσα σε σένα και εμένα
El rey quedó muy impresionado
Ο βασιλιάς εντυπωσιάστηκε πολύ
"Esa es la prueba más importante que hemos escuchado hasta ahora"
«Αυτό είναι το πιο σημαντικό αποδεικτικό στοιχείο που έχουμε ακούσει μέχρι στιγμής»
—No creo que esos versos tengan un átomo de significado — objetó Alicia—
«Δεν πιστεύω ότι αυτοί οι στίχοι φέρουν ένα άτομο νοήματος», αντέτεινε η Αλίκη
el rey tenía su propia opinión al respecto
ο βασιλιάς είχε τη δική του γνώμη για το θέμα
"Si no hay significado en esas palabras, eso salva un mundo de problemas"
«Αν δεν υπάρχει νόημα σε αυτές τις λέξεις, αυτό σώζει έναν κόσμο προβλημάτων»
"Entonces no necesitamos tratar de encontrar el significado"
«Τότε δεν χρειάζεται να προσπαθήσουμε να βρούμε το νόημα»
"Que el jurado considere su veredicto"
«Αφήστε τους ενόρκους να εξετάσουν την ετυμηγορία τους»

-¡No, no! -dijo la reina-

«Όχι, όχι!» είπε η βασίλισσα

"Primero la sentencia y después el veredicto"

«Πρώτα η καταδίκη – ετυμηγορία μετά»

-¡Tonterías y tonterías! -exclamó Alicia en voz alta-

«Πράγματα και ανοησίες!» είπε δυνατά η Αλίκη

"¡Qué tontería es sentenciar al acusado primero!"

«Πόσο ανόητο είναι να καταδικάζεις πρώτα τον κατηγορούμενο!»

—¡Cállate la lengua! —dijo la reina, poniéndose morada—

«Κράτα τη γλώσσα σου!» είπε η βασίλισσα, μοβ

-¡No me callaré! -exclamó Alicia-

«Δεν θα κρατήσω τη γλώσσα μου!» είπε η Αλίκη

—gritó la Reina a voz en cuello—

Η βασίλισσα φώναξε στην κορυφή της φωνής της

"¡Córtale la cabeza!"

«Κόψε το κεφάλι της!»

Nadie hizo un movimiento

Κανείς δεν έκανε κίνηση
-¿A quién le importa lo que digas? -dijo Alicia-
«Ποιος νοιάζεται τι λες;» είπε η Αλίκη
Para entonces ya había crecido hasta alcanzar su tamaño completo
Είχε μεγαλώσει στο πλήρες μέγεθός της μέχρι εκείνη τη στιγμή
"¡No eres más que un mazo de cartas!"
«Δεν είσαι παρά ένα πακέτο χαρτιά!»
Al oír esto, todas las cartas se alzaron en el aire
Σε αυτό, όλα τα χαρτιά σηκώθηκαν στον αέρα
Y todas las cartas cayeron volando sobre ella
Και όλα τα χαρτιά έπεσαν πάνω της
Ella dio un pequeño grito
Έβγαλε μια μικρή κραυγή
Estaba medio asustada, pero también enojada
Ήταν μισοφοβισμένη, αλλά και θυμωμένη
Y trató de quitarse las cartas de encima
Και προσπάθησε να παλέψει τα χαρτιά από τον εαυτό της
Y entonces se encontró tendida en el banco de hierba
Και τότε βρέθηκε ξαπλωμένη στην όχθη του γρασιδιού
Su cabeza estaba en el regazo de su hermana
Το κεφάλι της ήταν στην αγκαλιά της αδελφής της
Algunas hojas muertas habían caído en su cara
Μερικά νεκρά φύλλα είχαν προσγειωθεί στο πρόσωπό της
Y su hermana estaba cepillando suavemente las hojas
Και η αδελφή της βούρτσιζε απαλά τα φύλλα μακριά
-¡Despierta, querida Alicia! -dijo su hermana-
«Ξύπνα, Αλίκη αγαπημένη!» είπε η αδελφή της
—¡Qué sueño tan largo has tenido!
«Τι μακρύς ύπνος είχες!»
-¡Oh, he tenido un sueño tan curioso! -exclamó Alicia-
«Ω, είχα ένα τόσο περίεργο όνειρο!» είπε η Αλίκη
Y le contó a su hermana todo lo que podía recordar
Και είπε στην αδελφή της όλα όσα μπορούσε να θυμηθεί
todas las extrañas aventuras sobre las que acabas de leer
Όλες οι παράξενες περιπέτειες για τις οποίες μόλις

διαβάσατε
Alicia se levantó y salió corriendo
Η Αλίκη σηκώθηκε και έφυγε τρέχοντας
Y pensó, mientras corría, en su sueño
Και σκέφτηκε, ενώ έτρεχε, το όνειρό της
—¡Qué sueño tan maravilloso había sido!
"Τι υπέροχο όνειρο ήταν!"

www.ingramcontent.com/pod-product-compliance
Lightning Source LLC
Chambersburg PA
CBHW011045190726
48290CB00011B/3011